The Apprentice Blacksmith of Level 596

レベル596の鍛冶見習い

2

Terao Yuki

寺尾友希

Illustration

うおのめうろこ

登場人物紹介
リムダ
ノマドに弟子入りしにきた火竜。
火竜としては珍しい、
回復魔法の使い手。
ノマド
ノアの父で犬の獣人。
『竜王の鍛冶士』という称号を持つ。
腕はいいが生活能力が皆無。
ノア
14歳の犬の獣人。
凄腕鍛冶士の父に憧れ、
見習いをやっている。
ラウル
ノアが『妖精の森』を
訪れた際に
出会った妖精の一人。
ノアの武器に興味津々。

エスティローダ
ノアで遊ぶのがお気に入りの
火竜の女王
セバスチャン
エスティローダに仕える、
物腰柔らかく穏やかだが
火竜最強の執事竜。
ミミ
リスの獣人。
大盗賊ララの娘で、
王都で魔道具屋を営む。
リリ
ミミの三つ子の姉妹。
ところがリスの獣人では
ないようで……？

オイラはノア。鍛冶見習《かじみなら》いの十四歳。

オイラの父ちゃんは、「神の鍛冶士」とまで言われた凄腕《すごうで》の鍛冶士だったんだけど……母ちゃんが死んで以来、酒浸《さけびた》りのダメダメ親父《おやじ》になってしまった。

そんな父ちゃんにやる気を出してもらうべく、近所にある魔物の領域『無限《むげん》の荒野《こうや》』に行っては珍しい鉱石や鍛冶素材を集めていたオイラは、気が付けばレベル596とかになっていたらしい。

え？　英雄王のレベルが249？　普通のベテラン冒険者がレベル40なの？

なんでだって聞かれても……ひょっとして、火竜女王《エスティローダ》のとこにちょいちょい出入りしてるせいかなぁ？

そんなエスティが、いきなり訪ねてきて、ヒヒイロカネを見事鍛《きた》えてみせよ、なんて言ってきた。

しかも、出来なかったら父ちゃんを殺すってどういうこと⁉　迷惑しかかけぬ父親なら要《い》るまいって？　要るよ！

神話にしか登場しないような神代《かみよ》の金属を預けられ狂喜乱舞した父ちゃんとオイラは、全身全霊を傾けて攻撃補整二万超えの武具、【神話級】のパルチザン『金烏《ジンウ》』を打ち上げる。その腕を認められた父ちゃんは、王都の夜空に『金烏《ジンウ》』を構え燦然《さんぜん》と輝く火竜女王から、「竜王の鍛冶士」の称号を授けられる託宣《たくせん》を受けた。

それからオイラはエスティに、父親のためではなく、自分は何がしたいのか？　と問われた。

父ちゃんやオイラを可愛がってくれているララ婆ルル婆、お隣のテリテおばさん、それからエスティの側近のラムダさんリムダさんが見守る中、オイラは、冒険も鍛冶も出来る「最強の鍛冶見習い」を目指すことをエスティに宣言したのだった。

01　うかがう影

「――お嬢さま」

『金烏《ジンウ》』のお披露目が終わり、さっそくオイラの首根っこをひっ掴《つか》んで、戦いの訓練をつけるべく意気揚々《いきようよう》と帰ろうとしたエスティ。

そんな彼女の脇《わき》に、ふっと見知った影が現れた。エスティよりも大きな手が、ぐったりとした覆《ふく》面《めん》の男を引きずっている。

「セバスチャンさん!?　どこ行ってたの!?」

それはエスティの執事のセバスチャンさんだった。そういえばさっきエスティが竜体になってたとき、不意に姿を消したままだった。

消えるときもそうだったけれど、今出てきたときも、全く気配を感じなかった。

何者なんだ、セバスチャンさん……

火竜最強執事の名は伊達《だて》ではないってことかな。

同じ火竜でも、ラムダさんやリムダさんなら、暗闇《くらやみ》でそーっと近づかれても、気付けそうな気がするんだけどなぁ。

「お嬢さま。仰《おお》せの通り、捕らえて参りました」

「おお、そうであったな。ご苦労」

「どういうこと？」

首を傾《かし》げるオイラに、エスティがニンマリと笑う。

「ノアの『父ちゃん』が鍛冶を始めて以降ずっと、この男が密かにこちらを窺《うかが》っておったのでな。ずっと気になってはおったが、近所の者であった場合余計な手を出しては大ごとになると思ってのぉ。昨日、ラムダに後をつけさせた」

そう言って、エスティがチラッとラムダさんを見る。

そういえば先ほどからずっと無言のラムダさんは、心なしか少し青ざめているようだ。

「ところがラムダの奴、見事にまかれてな。ともあれ、見失ったのは王城近く。『ご近所さん』でないことは、証明されたわけだ」

遺憾《いかん》そうにため息をつくエスティに対し、ルル婆ララ婆が顔をしかめた。

「王城近くまで行ったんでしゅか。高位の火竜が」

「ジェル坊が知ったら、卒倒《そっとう》しゅるんじゃないでしゅかね」

慌てふためいて頭を掻《か》きむしっているジェルおじさんが目に浮かぶけど、オイラは根本的なことにつっこんでみる。

「というか、そのしっぽと角、羽で尾行って無理がない？」

例えるなら、仮装した大道芸人とか、張りぼてとかが尾行してるのと同じだと思うんだ。

「ん？　これか？」

エスティが頭の角に手をやると、角が一回り小さくなった。コウモリのような皮膜《ひまく》の羽は拳《こぶし》大に縮み、しっぽもかなり小さくなる。

「なに⁉　そんなこと出来たの⁉」

目を丸くした後で、オイラは少し口をとがらす。

これならば、服装次第では、鹿系の獣人だと、ごまかせないこともないかもしれない。

ちなみに、動物の鹿の雌《めす》には角がないらしいけれど、鹿の獣人の女の人には大抵小さめの角がある。人によっては、男の人ほどではないものの枝分かれした大きめの角があったりもするから、エスティの普通よりかなり立派な角だって、個人差の範囲内で何とか収まるかもしれない。

最初からそっちの姿で来てくれてたら、無駄にご近所さんに怪しまれなくて済んだのに。

「長時間は無理じゃがの。セバスに教わって、我もラムダも、一、二時間なら可能じゃ。セバスなら丸一日、リムダも意外と才能があってのぉ、セバスほどとはいかんが我らより長時間可能じゃ」

そう言いながら、エスティの角としっぽ、羽がしゅるっと元の大きさに戻る。

結構気合を入れないと、小さくしておくのは無理なようだ。

「そんなわけで、ラムダがまかれたのは、姿のせいではない。相手のほうが一枚上手だった、というだけのこと」

「お言葉ですが！　こと戦闘において、人間ごときに後《おく》れをとるはずがございません！　あの者が、こしゃくにも『隠密《おんみつ》』スキルを持っていたために」

「まあ、搦《から》め手から来る相手に、竜は慣れておらぬ、ということでもある」

必死に弁解しようとするラムダさんに、エスティは肩をすくめる。

確かに。さっきセバスチャンさんが戻ってきたときも感じたけれど、どんなに戦闘能力が高くても、隠密で近づかれて寝首を掻かれたら、対処のしようがない。

隠密スキルか……犬の獣人にはなかった気がする。

セバスチャンさんが引きずっている男は、なんの獣人なんだろう？　そう思って覗《のぞ》き込むと、セバスチャンさんが男をつまみ上げ、覆面をはいでくれた。

「あれ？　なんの獣人だろ？」

年の頃は、三十半ばくらいだろうか。

顔だけ見ても、どんな種族なのか判然としない。しっぽは、とお尻を見ても、特徴的なしっぽは生えていなかった。

全く分からないオイラへ、セバスチャンさんが片眉を上げて断言する。

「フクロウの獣人ですな。背中の目立つ羽は、切り落としているのでしょう」

「えっ、凄い、なんで分かるのセバスチャンさん。鳥系の獣人は珍しいのに」

デントコーン王国で一番多いのはネズミの獣人。鳥の獣人もいるにはいるけれど、数は少なく、背中にその種族特有の羽があるものの骨格的に飛べるわけではないそうだ。そのため、羽はあくまでも種族を表す象徴でしかないとか。その昔、通ってた手習い処《どころ》の満月《まんげつ》先生が言ってた気がする。

「昔取った杵柄《きねづか》というやつでして」

「？」

セバスチャンさんの言葉に首を傾げるオイラに、エスティが解説してくれる。

「セバスは、かつてはぐれ竜だったのじゃ。その頃、気まぐれに人に交じって暮らしていたらしい。丸一日でも、羽と尾を隠していられるからな」

ふーん、と納得したオイラとは対照的に、婆ちゃんたちが目をむいた。

「高位火竜が、人に交じって⁉」

「ということは、今も、人里で暮らしている竜がいるかもしれない、ということでしゅか⁉」

「そのように目くじらを立てるでない。セバスは、竜の中でもとびきりの変わり者じゃ。まして、人型に変化出来、さらに羽を隠せる竜は稀《まれ》もいいところじゃからのぉ」

確かによっぽど高位の竜でもない限り、人型に変わることは出来ない、と婆ちゃんたちが言っていた。

はぐれ竜は、文字通り群れからはぐれた竜のこと。人間の討伐隊が組まれることもあり、さほど高位ではない竜が多い。

竜というのはだいたいが女王を中心にまとまって住んでいるらしく、その地域は『火竜の領域』や『風竜の領域』などと呼ばれている。竜種の中でも風竜は行動範囲が広いらしいけれど、その大半が遥《はる》か上空の浮島らへんを飛んでいるため、人間の目に触れることはない。

討伐隊が組まれるようなはぐれ竜は、『魔物の領域』の外や、『魔物の領域』の中でも難易度が低く、人の行動範囲と重なる場所に棲《す》みついてしまったものだ。

知能が高いはずの竜種が、なぜわざわざそんな危険な場所に棲みつくのか？

諸説あるが、竜の群れに馴染《なじ》めない変わり者か、竜の群れからはじき出された弱い個体なのだろう、と言われている。

「その頃、様々な職業を転々といたしまして、人族についても多少は詳しくなりました。隠密系のスキルを持つ者には、猛禽《もうきん》類の獣人、ネコ科の獣人が多くおります。その中でもフクロウは、夜目も利《き》き気配を消す術にも長《た》け、私が当時仕えていた方にも重宝されておりました」

セバスチャンさんの言葉に、ルル婆が目を見開く。

「竜が、人間に仕えていたんでしゅか」

「かりそめの主ではございますが……と申しますか、今でも、テイマー契約をしております以上、人の街におります間、私の主はノア様でございますよ？」

「……えっ⁉」

あまりの衝撃に目の下が引きつる。
オ、オイラがセバスチャンさんの主？　いやないないないない。無理無理無理無理。
ぷるぷると小刻みに首を横に振っていたオイラへ、エスティが無情に言い放つ。

「なんでそこでノアが驚くのじゃ？　我の今の主人も、ノアであるぞ？」

「えーー？」

「なんで嫌そうなのか、聞いてもよいかや？」

唇《くちびる》をとがらせて、エスティが不機嫌《ふきげん》に眉《まゆ》を寄せる。

「まぁ、それはさておき」

「置くでない」

エスティのツッコミはさらっとスルーして。

「このフクロウの獣人さん、誰のとこから来たのかな？　王城近くで、ってことは、ジェルおじさんとこの人だったりする？」

オイラの発想はごく当たり前のものだったように思うけれど、即座にルル婆が首を横に振った。

「それはないいんじゃないかい？　ジェル坊だったら、そんなこすっからい真似はしぇんじゃろ」

「割と抜けてるしねぇ」

「王様なんじゃから、隠密の一人や二人、飼っとるじゃろうが」

「ノアしゃんのとこを見張るのは、違う気がしゅるねぇ」

ララ婆にまで否定されて、それじゃあどこの、と皆が口々に推測を始める。

「鍛冶場の様子を窺ってたってこたぁ、鍛冶ギルド関連かね」

「鍛冶ギルドは王城からは離れとるじゃろ。王城近くにあると言やあ、大貴族の屋敷街じゃないかい？」

「あたしは貴族街には詳しくないんだが、大貴族ってぇと、公爵《こうしゃく》家とかですかね？」

「いや、公爵家だ何だのはむしろ少し離れた場所に広い敷地を所有しとるから、王城の近くは側用《そばよう》人《にん》とか大臣とか……」

　テリテおばさんの発言を受けてのルル婆の言葉に、ララ婆が眉間に指を当てて呻《うめ》いた。

「あー、こんなことならスフィにも、緊急用のクルミを渡しとくんだったよ」

「スフィって？」

「ヨーネ・スフィーダ。ジェル坊のパーティの一人でね、必要に応じての助っ人メンバーだったのしゃ。あたしゃらにはないツテを色々持ってたからねぇ、何か別の角度からの意見が聞けたかもしれない」

「へえ」

「ノアしゃんは会ったことがなかったかね」

　とはいえ、ここであーだこーだ言っていても始まらない。

　そこで婆ちゃんたちが、さっきの託宣のときのエスティの竜体化の説明も兼ねて、王城までフクロウの男を連行してくれることになった。

　大盗賊であるララ婆の拘束の腕前は折り紙付き、さらに大賢者のルル婆の魔法で浮かべて運ぶ、となれば、気絶から覚めても男に逃げる道はないだろう。

　ところで、エスティの竜体化から何だかんだでずいぶんな時間が経つけれど、テリテおばさんが心配していた、王国軍が出動してくる気配はない。

　飛び出してきたご近所さんも、空から竜が消えたのを確認すると、ぽつぽつと家へ帰り始めているようだった。

王国軍がやってくる、というのは大げさにしても、腕に覚えのある冒険者とか、国のお役人とか、野次馬《やじうま》とか、結構な人数が集まってくるだろうと思ったんだけど？

オイラがその疑問を口にすると、ララ婆ルル婆が答えてくれる。

「さっきの女王さんは、何とも神々しかったからねえ。拝みはしても、物見に近づこう、っていう発想は、出ないんじゃないかい？」

「まぁ、今の世の中、竜に単独で挑む根性のある冒険者なんて、滅多にいないじゃろ」

「一番根性のありそうな冒険者は、既に顔見知りだしね」

二人は口々にそう言って、チラッとテリテおばさんを見る。

「多少腕に覚えがあっても、国からギルドへの討伐隊結成依頼待ち、ってとこじゃろうね。ひょっとしたら今ごろ、ギルドは冒険者がつめかけて大変なことになっとるかもしれんねぇ」

ルル婆が遠い目をしているのは、自分の弟子でもある東のギルドマスター・サンちゃんに思いをはせているからだろうか。ギルドに冒険者が詰めかけているとしたら、サンちゃんと受付のお姉さんはてんてこ舞いしているに違いない。

「まぁ、人に攻撃しゅるならともかく。女王竜の顕現《けんげん》は、瑞祥《ずいしょう》と言われてるからね。国がどうこうしてくることもないと思うよ」

「瑞祥って？」

聞き覚えのない言葉に尋ねると、ルル婆が少し皮肉な笑みを浮かべた。

「まあ、めでたいってことしゃ。偉大な国王の御代《みよ》には、その治世を慶祝《けいしゅく》して、めでたい生き物が現れる、と言われているんじゃよ。有名どころでは、白虎《びゃっこ》や鳳凰《ほうおう》、霊亀《れいき》じゃね。竜王もしょのひとつしゃ。ジェル坊には、まあ、分不相応な話じゃけどねぇ」

肩をひとつすくめると、ルル婆はララ婆が縛り上げた男をふわりと浮かばせ、王城へと向かった。


その翌日。

ルル婆に皮肉気に語られていたジェルおじさん本人が、婆ちゃんたちと一緒にうちにやって来た。

律儀《りちぎ》に仏壇《ぶつだん》の母ちゃんの位牌《いはい》に線香をあげてから、こたつの前にあぐらをかいてドカッと座る。

こたつを挟んで父ちゃんと向き合ったジェルおじさんは、昨日の王城でのあらましを説明してくれた。

火竜女王とオイラが親交のあることを知っていたジェルおじさんは、驚き慌てる大臣たちや、軍動員にはやる軍関係者一同を、『竜王の顕現は瑞祥だ』の一言で黙らせたんだそうだ。

特に、王家の伝承によると、武器を持った竜は竜王の証とされ、畏《おそ》れ敬えば豊穣《ほうじょう》が、弓ひけば大《だい》飢饉《ききん》がもたらされる、と伝えられている。軍なんて出動させたら大惨事だ。

天災なんて大袈裟《おおげさ》なことが起こらなくても、エスティなら、人間の一軍ぐらい、文字通りひと薙《な》ぎで壊滅させられるだろうし。

「それで、昨日、火竜が捕らえたという男のことなんだが」

「ジェルおじさんとこの人じゃなかった？」

「なかった」

王城には、『御庭番《おにわばん》』と呼ばれる隠密の人たちが勤めている。ジェルおじさんも、彼ら全員の顔を知っているわけではないので、もしそうだったらどうしよう、と気をもんでいたらしいけど……二家ある『御庭番』の頭二人に確認したところ、自分の配下ではない、とどちらも断言したそうだ。

ジェルおじさんは、真面目な顔をして父ちゃんに言った。

「ノマド。お前、誰かに恨まれてる覚えはないか？」

02　父ちゃんに弟子が来た！①

「はあ？」

全く心当たりがないらしく、父ちゃんが首を傾げる。

ジェルおじさんと父ちゃんの前に玄米茶を置きながら、あまりの腕のだるさについついオイラは口をへの字にする。

ちなみに父ちゃんもオイラも、昨日の『金烏《ジンウ》』の鍛冶のせいで両手・背中・腰・太腿《ふともも》が筋肉痛でパンパンなので、お互いに膏薬《こうやく》を貼りっこして、両腕背中ともに膏薬まみれになっている。

スースーしてちょっと寒いけど気持ちいい。

「俺を恨むとしたら、オムラと結婚したことを理由にジェルか。散々無茶ぶりしてきたノアか。どっちかしかいないと思うぞ？」

「無茶ぶりしてた自覚あったんだ、父ちゃん……」

聞き流せないセリフに思わず突っ込んだオイラへ、父ちゃんが頷《うなず》く。

「まあぶっちゃけ、ジェルとノアにならら、刺されてもしょうがないと思ってる」

胸を張って言うことじゃないと思うんだ、それ。

「いや、そういうのじゃなくてだな、全くの他人。それも、かなりの権力を持つ人間に、だ」

「当てはまるのは、ジェルしかいないが」

「だから俺じゃない」

らちの明かない会話をしていた父ちゃんとジェルおじさんの頭を、ララ婆が手に持ったハリセンでスパーーーンッと張り飛ばした。

「いつまでコンニャク問答してるつもりだいっ！　進めなっ」

ハリセンとはいえかなりの衝撃だったらしく、ジェルおじさんが頭をさすりつつ話を続ける。

っていうかどこから出したの、それ。ルル婆ララ婆とかセバスチャンさんとか、よく分からないところから何か取り出すことが多い気がする。魔法か何か？

「つまりだな、昨日捕らえた男は、うちの間者じゃない。これはいいな？」

ララ婆のハリセンには慣れているらしいジェルおじさんは、父ちゃんへ普通に話を続ける。王様が殴られ慣れてるってのもどうかと思うけど。

「おう」

「で、昨日捕らえた男だが、今のところ何もしゃべらない。ただひとつ、確実なのは、修業を積んだ一流どころの隠密だ、ってことだ」

「どういうことだ？」

「うむ、まず、基本から説明するとな」

ジェルおじさんが言うにはこうだ。

『隠密』スキルというのは、とても危険なものである。

けれどこのスキルは、正しい修業をしていなければさほど脅威にはならない。オイラが人並み以上の『合金』『合成』スキルを持っていても、すぐ砕ける脆《もろ》い剣しか打てなかったように、あるいは『魔法』スキルを取得しても理論と呪文《じゅもん》が分かっていなければろくな魔法が使えないように。

『隠密』スキルを取得出来る種族には、フクロウ族の他にも、コウモリ族、山猫族など何種族かあって、修業を積んだ『隠密』持ちは、国の管理の下《もと》に置かれている。大抵は王城の『御庭番』を務める二家、甲家と乙家に所属し、その隠れ里に住んで、国の仕事（スパイ活動とか）に従事している。

このデントコーン王国は、色々な獣人がごちゃ混ぜで住んでいて、結婚にも特に制限はなく、産まれる子どもは必ず、両親どちらかの種族になる。突然変異で、タカとネズミの間にフクロウが産まれたりはしない。

つまり、親を把握していれば、知らないところで『隠密』のスキル持ちが発生したりはしない。

誰がどこに住んでいて、何の種族なのかは『人別改帳《にんべつあらためちょう》』というものに詳細に記されていて、もちろん転居や養子縁組、結婚なども書き加えられる。これを無視して転居などをすると『人別落ち』して『無宿者』となって、まともな仕事には就《つ》けなくなる。

この『無宿者』の受け皿となっているのが冒険者ギルドで、『人別改帳』と冒険者ギルドの登録を合わせると、95パーセント以上の国民を把握出来ているそうだ。

ちなみに近年、この『人別改帳』からさらに個人識別カードというものが作られて王都民には配られたけれど、イマイチ浸透していない。

デントコーン王国は法治国家で職業の自由とかも認められているので、フクロウ族に産まれたからといって、『隠密』を覚えて『御庭番』になるしか生きる道がない、というわけではない。一般に交じって生活をしている『隠密』なしのフクロウ族も結構な数いるそうだ。一般人にはフクロウ族が特殊な立場にいることなんて知らされていないから、平穏に暮らしたいフクロウ族はそれなりに普通に暮らしていくことが出来る。

ただ『隠密』スキル云々《うんぬん》はさておき、隠密の修業を積めるのは、国公認の、甲家乙家の隠れ里しかないはず。

単に『隠密』スキルを覚えただけで修業をしていなければ満足に使いこなすことが出来ず、冒険者や騎士には簡単に気付かれてしまうんだそうだ。

ところが今回捕まった男は、甲家乙家どちらの出身でもなく、しかしちゃんとした隠密の修業を積んだ、おそらく『無宿者』のフクロウ族だった。

このことが意味するのは——

①甲家乙家の隠れ里以外に、隠密を育成する里などの機関がある。
②国が把握している以外に、『隠密』の修業を積んだ人間が存在している。
③その里か、あるいはその里の者を雇った何者かが、父ちゃんに関心を持っている。

ということだ。

ちなみに捕らえた男は、何もしゃべらないのは当然として、さらに奥歯に毒物が仕込んであるほどの徹底ぶりだったそうだ。

まあ、セバスチャンさんに背後から襲われた時に毒を飲む余裕がある人類なんて、この世に存在しないと思うけど。今回だけは、相手が悪かったみたいだ。

そして、捕らえたフクロウ族の男が一流だということは、それだけの規模と質の里が人知れず維持されている。つまり、よほどの大貴族か、あるいは他の国が関わっているのではないか、とジェルおじさんは言う。

「はっきり言って、女王竜の託宣があった今ならいざ知らず、五日前までの世を拗《す》ねて酒浸りだったお前の動向を気にする輩《やから》なんぞ、全く思いつかん。一流の隠密を子飼いにするも、一時雇いするも、どちらもそれなりに金のかかることだからな。そこまでしてお前なんぞを見張って、いったい誰に何の得があるってのか……？」

胡坐《あぐら》をかいた膝《ひざ》に肘《ひじ》をつき、ジェルおじさんが眉間《みけん》を揉《も》む。

「甲家乙家以外の隠密の里があるかもしれんってのも大問題だが、そこが金で依頼を請け負ってるとしたらまた問題だ。まったく、これほどの厄介ごと、親父ならともかく俺の治世に降って湧《わ》かなくてもいいようなもんだが……まあその辺は国の問題だから、俺がいくら頭を悩ませようと、お前らには関係ないっちゃあない」

ジェルおじさんはふぅっ、と息をついて両膝に手を置くと、背を丸め見上げるようにして父ちゃんとオイラの顔を見比べた。

「それよりお前たちに言っておかなきゃならないのは、例の偽の使者が持って行ったっていうオムラ姉の装備の件だ。ある程度の調査は進めたが、裏でも表でもここ八年、売買された形跡が全く見当たらなくてな」

「というと？」

「売っぱらうための詐欺《さぎ》行為ではなかった、ということだ。装備を騙《だま》し取った人間がまだ所持しているか……あるいは、装備を欲しがっている人間の依頼で、今回のフクロウ族の男のような人間が動いたんじゃないか、と俺は睨《にら》んでいる」

全く関係ないと思っていた母ちゃんの話題が出て、それまで黙って聞いていたオイラは思わず声を上げた。

「母ちゃんの装備を欲しがる、って？　誰が？」

「オムラ姉は、劇にも人形芝居にもなるような、人気の聖騎士だからな。熱狂的なファンが現役時代の装備を欲しがる、って可能性もなくはない。それに、装備自体も由緒《ゆいしょ》正しい国宝だ。剣も槍《やり》も伝説級。武具コレクターの中には、法を犯してでも欲しがる奴がいないとも限らん」

ジェルおじさんの言葉に、思わずオイラは渋い顔になる。母ちゃんに熱狂的なファンがいた、ってのも何だかピンとこないし、犯罪をしてでも装備を欲しがる人間がいるってのも何だか気持ち悪い。

オイラを励ますように、婆ちゃんたちが肩を叩《たた》いた。

「まあまあノアしゃん。最悪、バラして売られてる可能性もあったわけだから。それよりはずいぶんマシしゃ」

「一度バラバラにしゃれたら、全部集めて取り戻すのは、至難の業《わざ》じゃからね。詐欺師がまだ全部持ってる、ってんなら、取り戻せる可能性が残ってる、ってことじゃよ」

「……うん」

そっか、ものは考えようだ。

母ちゃんの装備ってのは、はっきり言ってほとんど記憶に残ってないけれど、父ちゃんが母ちゃんのために鍛えた剣やランスは、見られるものなら見てみたい。

「で、さっきの話に戻るわけだ。恨まれてる覚えはないか？　今回のフクロウ族の件もある。オムラ姉の装備自体に用があるわけでなく、お前への恨みを晴らすために、オムラ姉の装備をかすめ取った、って可能性もあるしな」

父ちゃんは、腕を組んで悩もうとして……両腕が鉛《なまり》のように重いのに気付いたようだ。首だけ傾げて難しい顔をする。

「確かに俺は、鍛冶ギルドの鼻つまみモンだし、面白く思っていない鍛冶の親方連中も多いだろう。だけど、積極的に大金を使ってまで嫌がらせしてやろう、ってほどかと言われると……基本的に、鍛冶士ってなぁ、個人主義だしな」

「オムラ姉の装備の件は、嫌がらせの範疇《はんちゅう》を越えてるぞ。何せ、勅書《ちょくしょ》を偽造してるからな」

「そうだ、しょの、勅書の件はどうなったんじゃい？　他に、勅書が偽造しゃれたような事件は？」

ルル婆の疑問に、今度はジェルおじさんが腕を組んで首を傾げた。

「それがなあ。まだ発覚してから間がないから、完璧な調査とはいかんのだが、どうにも、他に勅書が偽装されたような案件は見当たらんのだ」

「ん？　つまり？」

「賊は、勅書を偽造出来るほどの技術を持ちながら他では使わず、ただオムラ姉の装備を騙し取るためだけに勅書を偽造した、ってことになるな」

「あんまりにも巧妙過ぎて、単に気が付いてないだけなんじゃないのかい？」

疑わしそうに片眉を上げてジェルおじさんをねめつけるララ婆を、まあまあと宥《なだ》める。

「そういえば、最初にこの話を聞いた時にララ婆言ってたよね。ずいぶんとシロウト臭《くさ》い、って」

「ララ姐《ねえ》のカンは馬鹿に出来んな」

オイラの言葉に乗っかったジェルおじさんへ、さらにルル婆が続ける。

「勅書を完璧にコピー出来る、ってのは、やっぱり、勅書を頻繁《ひんぱん》に目にしゅる立場にいる人間が絡んでるんじゃないかね」

「大貴族が絡んでる、って話に戻るわけか」

うーむ。と、心当たりを思い浮かべているのだろうジェルおじさんが眉間にしわを寄せる。

「それに、人別改帳だけで『隠密』スキル持ちを把握しきってると思うのはお役所仕事すぎないかい？　修業済みのスキル持ちが、一人でも死んだふりして生き延びてれば後進の育成くらい出来るだろうよ」

「ララ姐、ひょっとして何か心当たりがあるのか……？」

ジェルおじさんが顔色を変えてララ婆に詰め寄ろうとしたとき、玄関の戸が、がんがんがんっと叩かれた。

「すみませーんっ！　誰かいませんかぁぁっ！　こちら、『火竜王の鍛冶士』、ノマド様のお宅だと伺《うかが》ったんですがぁ」

若い男の声だ。

オイラが扉越しに応える。

「そうですけど、今日は鍛冶場は休みなんです。武器の注文ですか？」

基本的に、鍛冶士が武器の注文を受ける方法は二種類ある。

鍛冶ギルドから受注する方法と、個人的にお客さんから受ける方法だ。

鍛冶ギルドに依頼すると、もちろん仲介料というものを取られる。だから、馴染みの鍛冶士がいるベテラン冒険者の場合、直接鍛冶士に欲しい武器を頼みに行く。

けれど、だいたいの冒険者は武器屋で武器を購入するし、農家は農具屋で農具を買い、料理人は金物屋で包丁を買う。

そこで求められるのは、鍛冶士の名前ではなく、単純に武器や農具の性能だ。それと、普遍性と生産性。

安定した品質の刃物を、一定量揃《そろ》えたい。それが店側の要望だ。

つまり、鍛冶ギルドにいく依頼というのは、

『［攻撃補整］500以上、［速さ補整］200以上、［防御補整］200以上、［耐久性］100以上の武器を50本』

とかいうものだ。

それを、鍛冶ギルドがあちこちの鍛冶士に割り振って依頼する。鍛造《たんぞう》武器というのは、短い時間にたくさん作れるものではないから、そんな仕組みが確立したってわけだ。

まあ、中にはシャリテ姉ちゃんみたいに、どこの鍛冶士に頼んでも作ってもらえないから、鍛冶ギルドに依頼して作れる鍛冶士を探してもらう、なんて依頼もたまにはあるみたいだけど。

ともかく、例えば父ちゃんが大社《たいしゃ》に奉納したような、攻撃補整一万、耐久性0、なんて偏った性能の武器は、いわゆる『ロマン武器』と呼ばれて、滅多に店売りされることはない。

つまり、よっぽど名の売れた鍛冶士でもない限り、普通の鍛冶士に求められるのは、依頼された品質の武器を安定して打てる能力、ということだ。

そんな状況なので、父ちゃんみたいに、成功すれば【伝説級】、一歩間違うと【見習い級】なんて鍛冶士は、鍛冶ギルドで鼻つまみになっても文句は言えない。

だから、今まで新規のお客さんなんて来たためしがなかったんだけど……昨日の託宣を見た誰か

かな？

「とにかく、ここを開けてくれ！」

国王であるジェルおじさんもいることだし、あんまり開けたくないんだけど……

オイラが逡巡《しゅんじゅん》している間に、ジェルおじさんとルル婆ララ婆は荷物を抱えて奥の座敷へと引っ込んで行った。

それを、『開けてもいい』ということだと解したオイラは、外に向かって「はいはーい」と声をかけた。

戸を押さえていた心張棒《しんばりぼう》を外したとたん、一気に戸が引き開けられ、若い男が転がり込んできた。

それも、三人。

オイラに掴みかからんばかりの勢いで詰め寄ってくる。

「あっ、あっ、アンタが、ノマド様ですかっ」

「馬鹿、『火竜王の鍛冶士』が、こんなガキなわけないだろっ」

「ノノノノ、ノマド様はどこにっ⁉」

騒ぎを見かねて、父ちゃんが土間へと下りてくる。

「どうしたってんだ、いったい？」

「ノマド様ですねっ⁉」

「お、おう」

三人は、その場にガバッと両手をついた。

「「「どうか」」」

「俺を」

「俺っちを」

「ぼくを」

「「「ノマド様の、弟子にしてくださいっっっ」」」

03　父ちゃんに弟子が来た！②

「ネムです」

「ジャムです」

「ラムです」

三人は、よく似た顔をしていた。

歳は十代後半、マリル兄ちゃんくらいだけれど、マリル兄ちゃんと比べるとだいぶ小柄だ。

全員がクルクルとした赤い巻き毛のそばかす顔で、テンの獣人だそうだ。

彼らは、従兄弟《いとこ》同士で、共に鍛冶士を目指して王都でも一流の鍛冶士に弟子入りし、今はその鍛冶場の見習い兼下働きをしているという。

「昨日、俺たちも鍛冶場の外に出て、竜王の託宣を聞いたんです」

「それで、昔話に出てくる、『竜王の鍛冶士』が本当に現れたんだ、って。近くの鍛冶場の見習い仲間ともすごい盛り上がったんスよ」

「ぼくたちがいた、鍛冶場の親方にも報告したんですけど。あの方角はノマドの鍛冶場だろう、あいつの鍛冶は邪道だ、あんなのに憧《あこが》れても身を滅ぼすだけだぞ、って」

とりあえず、玄関の土間じゃなんだから、と囲炉裏《いろり》のある板の間に上がってもらったけれど、三人は座り込むなり口々にまくしたて始めた。

囲炉裏には火が入ってなかったから、火鉢の鉄瓶で沸かしたお湯で玄米茶を淹《い》れて、三人の前に置く。

婆ちゃんたちがいるようになってから、テリテおばさんに大量に分けてもらって玄米茶は常備しているんだよね。ちなみにテリテおばさんは、茶摘みから自分でやっているけれど、オイラはまだそこまでの域に達していない。

「ここに来る前に、鍛冶ギルドにも寄ったんです。けど、鍛冶ギルドでは昨日の竜王の託宣は黙殺《もくさつ》する方向で行く、って決まったみたいで。今ごろ、ギルド所属の鍛冶士には、通達が行ってると思います」

「あんまりだと思うっス！　俺っちだって鍛冶見習いの端くれ。『武具鑑定』は遠すぎて使えなかったっスけど、あの竜が持ってた武器が、そんじょそこらの鍛冶士に打てるもんじゃないって、遠目にもハッキリ分かったっス！　それなのに！」

「他の鍛冶見習いたちも、昨日はあんなに、凄え凄えって盛り上がったのに。今日になったら手のひらを返して、親方に睨まれるから、って黙っちゃって」

涙すら浮かべつつ、ネム、ジャム、ラムは力説する。

「俺たち、悔しくて！」

「せめて、俺っちたちだけでも弟子入りしてやろうって」

「話し合って、覚悟を決めて出て来たんです！」

ドン、と三人に同時に叩かれたちゃぶ台が軽く宙に浮く。

「そこまで言ってくれるなぁ、ありがたいが……」

ネム・ジャム・ラム三人組の勢いとは対照的に、父ちゃんは困ったように頭を掻く。

「お前さんがたの親方の言うことも、間違ってないと思うぞ。ちなみに、親方の名前は？」

「……モンマブリスクです」

「あちゃあ」

父ちゃんが額に手を当てて、天井を仰いだ。

「どうしたの？　知ってる人？」

「知ってるも何も。前に言ったろ？　俺の他に、二種合金が出来て、『特殊二重合金』を試してもらった人。俺の、兄弟子だ」

なるほど。

父ちゃんの鍛冶は特殊で、同じ金属同士を合わせる『特殊二重合金』という、新技法を使う。

そういえば、異端扱いの『二重合金』を試してくれるなんて、なんて奇特な人がいたもんだ、と思ったけれど、父ちゃんの兄弟子だったのか。

てか、『二種合金』が出来るって時点で、レベル31以上確定。鍛冶士の平均レベルは10弱なのに、父ちゃんもレベル80だったし、二人を育てたのはいったいどんな師匠だったんだろう。

まあ、ルル婆の杖《つえ》もその師匠が作ったって話だしなあ。普通の鍛冶士ってことはないか。

「モン兄貴の言うことも、もっともなんだ。俺のやり方を真似出来る鍛冶士は少ない。というより、今までいたためしがない。まして俺は後ろ盾も得意先もない一人鍛冶だ。俺の弟子になったところで、大成する道はない」

珍しく真摯《しんし》に三人組と向き合う父ちゃんの言葉に、ちょっと引っかかるものを感じる。

「そんなの、オイラ初めて聞いたんだけど？」

父ちゃんの言葉が本心からのものだとすると、オイラが父ちゃんにしごかれる、ってのは腑《ふ》に落ちない。ネム・ジャム・ラムの将来は心配しても、オイラの先はどうでもいいってこと？

まじっ、と見つめるオイラに、父ちゃんの目が横にそれる。

「いや、そのー」

言い淀《よど》んだ父ちゃんに、襖《ふすま》の向こうから追い打ちがかかった。

「後ろ盾もない、って、わしゃらやジェル坊もいるんじゃやけどね」

「火竜女王も増えたしね」

隣の部屋に一時避難していた婆ちゃんたちが、父ちゃんをからかう好機と見るや顔を出した。

家の中にオイラと父ちゃんしかいないと思っていた三人組は目をパチクリさせている。

「ジェルは、友達だ。火竜女王から再び依頼が来ることはないだろうし。ララ姐とルル姐の二人は……えーっと……」

なんと言っていいのか分からない父ちゃんの耳が、だんだん寝ていく。

「あたしゃらは、なんだって？」

「おや冷たいね。後ろ盾でも友達でもない、ってんなら、わしゃらはいったいなんだっていうんじゃい？」

「知り合い？　顔見知り？　しょれとも妻の友人かね？」

婆ちゃんたちの口撃に、父ちゃんのしっぽがすっかり内側に丸まったのを見かねて、オイラは苦笑いを浮かべる。

「まあまあ、婆ちゃんたち。婆ちゃんたちはオイラにとって、本当の婆ちゃん以上なんだからさ。かっこよくてかわいいし。世界一の婆ちゃんだよ。それでいいじゃない」

オイラの助け舟に、一転、婆ちゃんはデレッとする。父ちゃんをからかっていたことなんてもうどうでも良くなったようだ。相変わらず、オイラには甘い婆ちゃんたちだ。

父ちゃんはほっとした様子で、三人組に続けた。

「そっ、それはともかく。いっぱしの鍛冶士を目指すなら方法は三つだ。得意先をいっぱい抱えてるネームドの大手で働いて経験を積み、腕を磨いて親方に認めてもらう。そのうえでさらに勤め上げて、のれん分けしてもらうか、独り立ちの口利きをしてもらう。運が良ければ、跡取り娘の婿《むこ》に入ってネームドを継ぐ。モン兄貴のとこなら、そのどれをとっても申し分ないはずだ」

自分たちでも分かっていたのか、父ちゃんが話すにつれて、ネム・ジャム・ラムの三人は次第にうつむき始めた。

ただ、三人は知ってたみたいだけれど、オイラは聞いたことのない単語がひとつあった。

「父ちゃん、ネームドって何？」

「ああ、いわゆる、打った武器に自分の名を刻めるレベルの鍛冶士、ってことだ。店売りの武器には、名が刻んでないことが多いだろ？　その武具を持ってることで、持ち主が、『モンマブリスクのブロードソードなんだぜ』って自慢出来るくらい、名の通った鍛冶士だけが名を刻むことを許される。そういった鍛冶場には、店売りの大量生産のギルド依頼なんて来やしない。打って欲しい客のほうが列を作るからな。基本、鍛造武器ってのは受注生産だ。持ち主の希望に合わせた武器を打つ。名のある冒険者だって一か月待ち、半年待ちなんてことだってざらだ」

父ちゃんの説明に頷きつつも、何だか釈然《しゃくぜん》としない。

「父ちゃんて……」

「なんだ？」

「なんなの？」

「はぁ？」

「いやだって、鍛冶ギルドからの依頼も受けないし。腕はあるけど、無名だし」

オイラの素朴な疑問に、父ちゃんはポリポリと頬《ほお》を掻いた。

「俺も、あと一歩でネームドに手が届く、ってとこまでいったんだよ。けど、俺の鍛冶手法は鍛冶ギルドにゃ認められなくてなぁ。かといって、食うためだけに、店売りの均一な武器を打ち続ける、ってのも性に合わねぇ。結局、オムラ専用の武器と、オムラの顔見知りから受ける依頼品を打つだけで、あとはひたすら、自己研鑽《けんさん》に努めてたってわけだ」

言いながら、父ちゃんのしっぽがゆっくりとファサッファサッと左右に揺れた。なんだっけ、何かを考えているときの父ちゃんのクセだ。久しぶりに見る気がする。

「自己研鑽て？」

なんとなく砥石《といし》で磨かれている父ちゃんを想像しつつ首を傾げたオイラに、こともなげに父ちゃんが言う。

「売れなかろうがなんだろうが、武器をひたすら打ちまくってたってことだな」

「えー……」

頭痛くなってきた。

つまりは、母ちゃんが生きてた頃も、オイラが知ってるダメダメ父ちゃんと基本は同じだったたってこと？　まあ、鍛冶してただけマシかな？

そうだった。ここんとこ、ヒヒイロカネ鍛冶に夢中になりすぎて忘れてたけど、父ちゃんに生活能力は皆無なんだった。

額に手を当てて沈黙したオイラをよそに、父ちゃんが三人組に向き直る。

「まあ、そうだな。話のタネに、『竜王の鍛冶士』の腕ってのを見せてやるよ。それで自分たちに生かせると思うなら、ここにいる価値もあるだろう。だが無駄だと思ったら、モン兄貴のとこに帰るんだ。お前さんたちが俺のために怒ってくれたことは素直に嬉《うれ》しいがな」

さらっと告げた父ちゃんに、三人組は湯飲みをひっくり返しそうなほど身を乗り出した。囲炉裏に火があったら危なかったに違いない。

「ノマド様の鍛冶をっ⁉」

「俺っちたちに⁉」

「見せてくれるんですかっ」

「その前に、そのノマド様ってのはやめてくれ。俺は、モン兄貴の、出来損ないの弟弟子なんだからよ」

はにかんで笑った父ちゃんの顔は、どこか懐かしそうだった。きっと仲のいい兄弟弟子だったんだろう。

「って、父ちゃん、腕バキバキなんじゃないの？　大丈夫？」

「何言ってるんだ、お前もやるんだぞ？」

……父ちゃんの笑顔が怖いです。

ここ最近は言動がまともだったから忘れてたけど、鍛冶に関する限り、父ちゃんは常識の外に住んでいる。

もうひとつ思い出した。さっきの父ちゃんのしっぽの動き。あれは、どんな剣を打とうか考えているときの父ちゃんのクセだった。

そう考えると、エスティの『金烏《ジンウ》』のときにはしっぽが揺れてなかったから、考えるまでもなく直感的に決定していたんだろう。

「ノア、オリハルコン鉱石持ってこい！　それからグリフォンの羽だ」

一種類ずつの指定ってことは、アレですね、はいはい。


「同じ金属同士の二重合金!?」

「同じ素材の二重付与!?」

「［攻撃補整］９０２０、［速さ補整］８５００、［防御補整］５０００、［耐久力］２５００!?　しかも【伝説級】!?　短剣で、攻撃補整が９０００超え!?」

結局、夜中までかかって、父ちゃんは一振りの短剣《カトラス》を鍛え上げた。

短剣にしては大振りで、船上での戦いなどに使用される取り回しのいい剣だそうだ。

父ちゃんの鍛冶を見ていた三人は、最初、首を傾げていたが、徐々に顔を引きつらせていった。

「たったの半日で、【伝説級】……」

「ってか、最初の鉱石、いつの間に金属になってたんだ!?」

「いやそれより！　二重合金って、特殊二重付与ってなんだ!?」

混乱する三人をよそに、父ちゃんは出来上がった剣をじっくり見つめる。

「『竜王の鍛冶士』の称号のせいか、特殊合金と特殊付与の感覚が掴みやすくなった気がするな」

「そういえば父ちゃん、エスティの『金烏《ジンウ》』を打ったとき、よくぶっつけで『二重合金』と『特殊二重付与』、成功したよね。相槌《あいづち》打ちながらも心配してたんだよ、オイラ」

「まぁ、この八年、イメージトレーニングする時間だけは、腐るほどあったからなぁ……」

父ちゃんが遠い目をする。

なるほど、鍛冶が出来なかった八年間、ひたすらスキル再現の練習だけをしてた、ってわけか。

そりゃ成功するかもしれない。

そこに――

コンコン、と、遠慮がちに、鍛冶場の戸が叩かれた。

今の時点で鍛冶場にいるのは、まだあわあわしながら議論しているネム・ジャム・ラムの三人組と父ちゃんとオイラだけだ。

婆ちゃんたちは、『年寄りは夜が早いから』とさっさと寝てしまったし、ジェルおじさんは三人が来た時点で、また来ると言って帰って行ったそうだ。

「あのー」

どこかで聞いたことのある頼りない声に目を向けると、少し開いた扉の向こうにあったのは、つい昨日までうちの鍛冶場に日参していた顔だった。

「あれ？　リムダさん？　一人で来たの？」

おずおずと頷くその人物は、エスティのお供火竜、ラムダさんの弟・リムダさんだ。

「は、はい……。け、剣を打たれたんですかっ。拝見しても……？」

「ええ？　構いませんよ？」

父ちゃんも、エスティやセバスチャンさんはともかく、リムダさんの印象は薄いのだろう。首を傾げつつも、打ち上がったカトラスをリムダさんに渡した。

「へ、陛下の『金烏《ジンウ》』ほどではありませんが……なんとも素晴らしい」

うっとりと短剣を眺めた後、リムダさんは深々と頭を下げた。

「ぼっ、ぼぼぼぼぼぼぼぼぼぼくをっ！　ノ、ノノノノノマドさんのっ、弟子にしてくださいぃぃぃぃぃっ」

「「はいぃ……？」」

父ちゃんとオイラの声がハモった。

04　火竜の弟子

「……なんで、火竜がここにいるんでしゅかね？」

「あたしゃの目がどうかしちまったのかと思ったけど、そうかい、ルルにも見えるかい」

翌日。

朝食の席に座るリムダさんを目撃した婆ちゃんたちが、オイラにジト目を向けてくる。

違う違う違う。今回は、オイラの仕業じゃないんだってば。

「ま、まぁ婆ちゃんたち。カツサンド作ったんだけど、食べる？」

「朝から重いもの食べしゃせるね。ビーフカツかい？」

「……美味《おい》しいね。ってこれましゃか」

オイラはドヤ顔で頷く。

「ドラゴンサンド！」

「竜がいるってのに、竜の肉出しゅ奴がどこにいるってんだよっ‼」

スパーーンッ、とどこからともなく取り出されたララ婆のハリセンが炸裂《さくれつ》する。

「だってこれ、リムダさんのしっぽなんだよ？」

「「ハァ？」」

頭を押さえつつ口をとがらせて言ったオイラに、婆ちゃんたちが唖然《あぜん》としてリムダさんのお尻を確認する。

人型になったリムダさんのお尻には、人型の竜の象徴とも言える赤いしっぽはない。羽も小さくして、ポンチョのようなものを羽織っているので、パッと見には、鹿の獣人に見える。

「弟子入りしたんです。ノマドさんに。しっぽは、まあ、手土産《てみやげ》代わりっていうか」

はにかんで言うリムダさんには、ぽわわわっと擬音がつきそうだ。

「弟子入りって。そうだ、火竜女王はっ⁉　女王の許可は取ったのかいっ⁉」

「もちろん、陛下には伺いましたよ。そしたら、『なるほど、面白い。竜種の鍛冶士か。よかろう、百年、二百年くらいなら待っていてやる。ものになるまで修練してくるがよい』と。火竜の皆も快く送り出してくれましたし」

「百年、二百年くらいって……」

「さすが竜種、時間の感覚が人とは違うね……」

頬を引きつらせる婆ちゃんたちをよそに、オイラは小首を傾げる。

「百年間修業って、百年も経ったら、父ちゃん死んでると思うけどなぁ」

「ええっ!?」

心底ビックリしたようにリムダさんが叫ぶ。

「え？　ひゃ、ひゃくねん、修業するの、ダメ、なんですか……？」

考えもしなかったといった様子のリムダさんへ、ルル婆ララ婆がダメ押しする。

「こう見えて、わしゃらだって、まだ九十年も生きちゃいないからね」

「ノマドは今、四十半ばってとこかい？　なら、鍛冶が出来るのは、よくてあと五十年てとこかねぇ」

「あと、たった五十年……」

リムダさんの顔が、絶望に揺れる。

「たった五十年で、あの素晴らしい剣を打つ技術が失われてしまうなんてっ！」

「どうする？　リムダさん？　せっかくしっぽを落としてまで人間に擬態《ぎたい》したけど、諦めてエスティんとこ帰る？」

オイラの言葉に、リムダさんは勢いよく首を横に振った。

「いえ、こんなことしてる場合じゃありませんっ。こうしてる間にも、ノマドさんの寿命が近づいてるだなんて！　早くノマドさんを起こして、鍛冶の技術を教わらないと！　こう見えて、ぼくは

物覚えが悪いんです。思っていた時間の四分の一しかないなんて、一分一秒だって惜しい！　ノマドさぁああんっ！」

バタバタと、リムダさんは父ちゃんを起こしに走っていった。

ちなみに昨夜、ネム、ジャム、ラムの弟子希望三人組は、リムダさんを見ると青ざめて「あ、同じ弟子希望のリムダといいます。火竜です」と自己紹介されたとたんに腰を抜かした。

しばらく放っておいたら、なんとか立ち上がって、物陰からぷるぷるしながらリムダさんの様子を窺っていたけれど、リムダさんが話しかけようとしたところで、逃げた。

多分、父ちゃんの兄弟子の、モン……何とか親方のところに帰ったんだろう。

「くあぁぁっ、何もこんな早ぇうちから起こさんでも……」

リムダさんに叩き起こされたらしく、欠伸《あくび》混じりでやって来てこたつに潜ろうとする父ちゃんのしっぽは、まだ力なく垂れている。

「ダメですって、ノマドさん。鍛冶をやりましょう」

「昨日また無理しちまったからなぁ、体中痛くてよ」

「……■■」

ぐでーっとこたつ布団に顎《あご》を乗せて伸びる父ちゃんの横で、リムダさんが何やら呟《つぶや》いた。聞いたことのない言葉……っていうか、竜語？

「んっ？　んあっ!?　なんだこりゃ!?」

リムダさんが呟き終わった瞬間、父ちゃんの体が淡い水色の光に包まれた。リムダさんの赤い目にも、ほのかに水色の輝きが見える。

「これで、筋肉痛は大丈夫になりました？　始められそうですか？」

ぽわわっ、と笑うリムダさんを、ルル婆が唖然として見つめた。

「なんという……！　火竜が、治癒《ちゆ》魔法じゃと!?」

「治癒魔法？」

それって、あれだよね、冒険者ギルドで何か言ってたやつ。火竜が使えちゃダメなの？

よく分かっていないオイラに、未だ衝撃の抜けきらないルル婆が説明してくれる。

「火と水は正反対、火竜ってのは治癒魔法を得意とする水竜とは対極の生き物なんじゃ。当然、治癒魔法なんぞ使えるはずがない。土竜や木竜ならば、水竜には及ばないもののそれなりに使うとは聞くが、よりにもよって火竜。攻撃特化の火竜が治癒魔法も使えたなら、そりゃもう最強種と言っても過言ではない……」

「あ、もちろんぼく以外の火竜は治癒魔法使えませんよ。ぼく、その分攻撃は苦手なんです。火竜っぽくないってよく言われます。先祖返りって言うんですかね、ぼくの何代か前に水竜がいたらしくて」

ほんわりと笑うリムダさんは、確かに「強さが全て」「問題は拳と根性で解決」「戦うのが楽しくて仕方ない」という脳筋エスティを筆頭とする火竜のイメージにはそぐわない。

「火竜の祖先に水竜じゃと!?　どういうことじゃね？」

研究者の眼差しになったルル婆に詰め寄られ、リムダさんが困ったような顔になった。

そうか、そのことを説明するには、秘密だってセバスチャンさんが言ってた、女王竜と伴侶《はんりょ》について触れなきゃなんだろうから……

「ルル婆、それは竜の秘密だから聞いちゃダメ」

手を広げ、リムダさんをかばうように割って入ったオイラに、ルル婆が訝《いぶか》し気な顔を向ける。

「そう言うところをみると、ノアしゃんは何か知ってるんじゃね？　なんでノアしゃんは良くて、わしゃはダメなのか、しょこんところをよっく説明してもらおうか」

ルル婆の眉間にしわが寄る。普通の人だったら全面降伏しそうな大賢者の威嚇顔だったけれど、オイラは結構見慣れているおかげで、萎縮《いしゅく》することなく言い返せる。

「そりゃもちろん、オイラとエスティが友達だから！　リムダさんは話せないけど、エスティから聞くなら問題ないよ。ルル婆も気になるならエスティに直接聞いてみたら？」

あっけらかんと答えたオイラに、エスティを苦手なルル婆が酸っぱい顔をする。それを見たララ婆がケラケラと笑った。

「こりゃ一本取られたね、ルル。さすがの大賢者も、ノアしゃんにかかっちゃ形無《かたな》しだ」

「むぅ」

口をとがらせたルル婆を珍しそうに眺めた後、ララ婆はふと何かに気付いたように天井を見上げた。

「おや、手紙が来たよ」

「手紙？」

スタスタと迷いなく外へ出るララ婆の後についていくと、本当に空から庭へ巻紙《まきがみ》が落ちてきた。

飛脚《ひきゃく》が届けてくれたわけでも、どこかの小僧さんが届けてくれたわけでもない。本当に、空からひゅっ、と結構なスピードで。

それをララ婆は難なく受け止める。

見上げると、高いところに黒い鳥のようなシルエットが見えた。

「こんな手紙の届き方、初めて見た」

シュルシュルと巻紙を開きながら、ララ婆が少し自慢げに笑う。

「なに、冒険者稼業もご無沙汰《ぶさた》だし、ルルは最近研究研究で中々構ってくれないからね。無聊《ぶりょう》をかこって飛脚屋を始めたんだよ。さっきのは、あたしゃ専用の早飛脚しゃ」

そこに少し遅れて出てきたリムダさんが、遠ざかっていく鳥のシルエットを見やる。

「竜の頭上を飛んでみせるなんて、ずいぶん勇気がある子ですね」

何か意味を含んでいるようなリムダさんの言葉に、その意味が分かったらしいララ婆が挑戦的に笑った。

「あたしゃが卵の頃から手塩にかけて育てた伝書鳩《でんしょばと》だからね。多少の無理は聞いてくれるってもんしゃ。そもそもここは、『竜の棲む山脈』が近い。並の伝書鳩じゃあビビッて近寄りもしてくれないよ」

「伝書鳩ですか。鳩にしてはずいぶんと高いところを飛びますね。あれは……地上1000メートルくらい？」

鳩って、そんなに高いところを飛んだっけ？　跳び上がれば、結構簡単に捕まえられる高さにいる気がするんだけど。キジバトって美味しいよね。照り焼きとか最高。ドバトはいまいち。

「はは、王都にゃ例の魔道具があるからね。ただ、あれにも抜け道はある。２００メートルより上は感知出来ないんだよ。だからこうやって、あの高さから手紙を届けるくらいなら、なんの問題もなくやれるってわけしゃ」

そこまで言われて、ようやくオイラにも分かった。

例の魔道具ってのは、『魔獣感知の魔道具』のことだろう。オイラの首元にいる黒モフくらいの弱い魔獣なら見逃すことがあるみたいだけど、岩オオカミや針トカゲ、竜みたいな人を殺傷出来るクラスの魔獣は完璧に感知出来るってジェルおじさんが言っていた。

ということは、ララ婆が『伝書鳩』と呼んでいた鳥（？）は、かなりの強さの魔獣だってことで……

「そんな抜け道を、ぼくに教えてしまっていいんですか？」

ほよんと小首を傾げたリムダさんを、ララ婆がカラカラと笑い飛ばした。

「遥か上空を竜が通過しゅるのまでいちいち感知してたら、王都は年がら年中上を下への大騒ぎしゃ。第一、竜は天災に同じ、感知は出来ても防ぎようはない。知られようが知られまいが同じことしゃね」

ララ婆らしい割り切った豪快《ごうかい》さに、リムダさんは呆気《あっけ》にとられたようにちょっと目を瞬《しばた》き、それから、なるほど、と言って微笑《ほほえ》んだ。

「おじいさまのおっしゃる通り、人も中々に面白いものですね」

おじいさまって、セバスチャンさんのことだよね？　ここに来るときに、何か言われたのかな？

「ところでララ婆、１０００メートルも上のほうを通る伝書鳩が良く分かったね」

オイラの言葉に、ララ婆が得意そうに笑った。

「これでもあたしゃは盗賊だからね。気配察知はお手の物しゃ。ま、さすがに１０００メートルはルルの魔法でも展開してもらわなきゃ無理だけど、手紙を落とすときには、３００くらいに高度を落としてくれてるからね」

そこで、シュルシュルッと巻紙を巻き直すと、家の中へと声をかけた。

「ルル、ちょいと急いでソイ王国に戻らにゃならんようだよ」

開けっ放しにしていた玄関から、座布団に乗ったまま浮いたルル婆がふわりと現れる。

「おや、急ぎの知らせかい？」

「リリがいなくなったと」

「そりゃ急ぎだ」

急ぎと言う割には落ち着いている婆ちゃんたちに、オイラは首を傾げる。聞いたことのない名前だ。

「リリって？」

「ソイ王国の留守を任せてるあたしゃの……──っ!?」

説明しかけたところで、ララ婆がバッと上空を振り仰いだ。

「……こりゃあ、今すぐお暇《いとま》しゅるってわけにゃあいかないかね」

諦めたように同じ場所を見つめるルル婆の視線の先で、赤い人型の竜が三頭、弧を描くように優雅に舞い降りて来た。


「お師匠さん、起きてください、お師匠さん！」

リムダさんの声に、こたつで二度寝を決め込んでいた父ちゃんが寝ぼけ眼《まなこ》をパチクリさせた。

「お師匠さん？　って、俺か？」

「そうです、弟子入りするんですからそう呼ぶのは当たり前でしょう？」

リムダさんの言葉に、父ちゃんが何だか照れくさそうに眉尻を下げる。ぼさぼさの髪をボリボリと掻き、よっこらしょっと立ち上がった。

「じゃあ、鍛冶でもするか？」

「いえ、せっかくなんですが、ちょっと僕の保護者がご挨拶《あいさつ》をしたいと……」

「保護者？」

言われて、辺りをぐるりと見回した父ちゃんは、そこで初めて、今まで土間になかったはずのテーブルセットで、優雅にくつろぐ主従の姿に気が付いたようだった。

「……保護者？」

思わず顔をひきつらせてそちらを指さす父ちゃんの耳が見る間にペタリと寝て、外側にくるっと巻いていたしっぽが力なく垂れる。

そんな情けない父ちゃんを見たエスティは、美しい緋色《ひいろ》の扇子《せんす》をパサリと広げ、楽し気にニヤリと笑った。

「そう構えるでない。『金烏《ジンウ》』の報酬を渡し忘れておったことに気付いてのぉ。それに、リムダがおぬしに弟子入りすると言うて聞かぬゆえ、親代わりとして挨拶しに参ったのじゃ」

テーブルセットの椅子《いす》は、もちろんエスティが座る一脚しか用意されておらず、ティーポットを持ったセバスチャンさんと銀のお盆を持ったラムダさんは、立ったまま後ろに控えている。

なぜか、ラムダさんの服はちょっと煤《すす》けていて、体のあちこちにアザがあったり絆創膏《ばんそうこう》が貼られていたりした。

「リムダは、いつもラムダの陰に控えて、自分を抑えているようなところがあってな。そのリムダが、自分の意志をここまで通そうとするのは初めてでのぉ。面倒をかけるとは思うが、よろしくしてやってくれ」

紅茶のカップを手に取り大きく足を組んだエスティは、そこが鍛冶屋の土間とは思えないほど威厳に満ちている。

「何せ、今まで闘争本能というものが皆無だったリムダが、『馬鹿なことは止せ』と引き留めるラムダに闘いを挑み辛勝し、我からも一本取るほどであったからのぉ」

「……え？」

思わずラムダさんとリムダさんを見比べると、ラムダさんがぶすっとした声を出した。

「我が弟が、人間の弟子になるなど到底応援出来るものではありませんが……まあ、リムダがそこまでやりたいと言うのならば黙認しましょう。しかも、私に勝ったとたんに飛び出して行って。せめて自分が付けた傷くらい癒やしてから行っても良さそうなものでしょうに」

「忘れてました」

ほわん、と頭に手をやるリムダさんには、傷ひとつない。そうか、火竜で治癒魔法を使えるのがリムダさんだけってことはつまり、両方満身創痍《まんしんそうい》になってもリムダさんだけのほほんと回復出来るってわけで。それって無敵って言わない？

あんな遅い時間にリムダさんが訪ねてきた理由が分かった気がする。ラムダさんとエスティを『説得』出来たその足で、うちにやって来たわけか。

「っていうか、エスティからも一本取ったの？」

当代最強、威厳も迫力もありまくりのエスティと、ほやほやぽやんとしているリムダさんが戦っているところなんて、全く想像が付かない。

「我とは勝負ではないがのぉ。寝ている内の不意打ちでもなんでも、一撃当てられればリムダの勝ちというゲームのようなものよ。まあ、見事にしてやられたわ。まさか人型になってセバスの背中に張り付いておるとは思わなんだ。元々、我とラムダ、リムダは共にセバスについて学んだ兄弟子じゃからのぉ。お互いの手の内も知り尽くしておるわけじゃ」

ああ、なるほど。確かにセバスチャンさんといるときのエスティは隙《すき》が多い気がする。強いセバスチャンさんがいるから安心しているのか、それともセバスチャンさんにしか意識がいってないのか。

ッていうかそれって、セバスチャンさんもリムダさんに協力してくれたってことだよね。さっきも『おじいさまが――』って言ってたけど、反対していたラムダさんとは違って、セバスチャンさんはリムダさんの理解者なのかもしれない。

「望みがあるならば、実力で示すのが火竜流。リムダは見事にその実力を示した。火竜唯一の治癒魔法の使い手であるリムダがいなくなるのは痛いが――その願い、我は全力で叶《かな》えてやらねばなるまいよ」

エスティが紅茶のカップをテーブルへ置き、扇子で片手をポンポン叩くと、セバスチャンさんを振り返った。

「セバス、あれを」

「はい、お嬢さま」

セバスチャンさんが、以前にヒヒイロカネと一緒に持ってきた大きな革のカバンを取り出し、広げて見せる。

中には、ぎっしりと金塊《きんかい》が詰まっていた。

この国では金の価値が高い。

それは金は竜が独占しているからで……つまり、竜なら簡単に用意出来るわけだ。

「ヒヒイロカネ鍛冶の代金に、多少色を付けておいた。リムダを鍛冶士として育てるのに、入用なものがあればそこから賄《まかな》ってくれ。足りなければ、いくらでも用意させよう」

父ちゃんはセバスチャンさんが自分の足元に置いたカバンを、よいこらしょと持ち上げようとして……持ち上がらず、オイラに向かって顎をしゃくった。

父ちゃんの様子に首を傾げながらも、オイラも手に取りよいしょと持ち上げたとたん、ずしっ、と思いがけない重さに、思わずたたらを踏む。

こんなに重いとは思わなかった。

かなりスキル補整のあるオイラですら持ち上げるのがやっとで、見た目はそこまでじゃないのに、鉱石を満載《まんさい》にしたオイラのリュックよりよほど重い。

オイラが何とか持ち上げたのを見て、満足げに父ちゃんが頷く。

「ノア、それ、やるわ」

気軽に父ちゃんに言われた一言に、思わず反応が遅れた。

「えっ⁉ でも、これ、父ちゃんの鍛冶の報酬……」

「これから、お前の集めた鉱石や素材を、たんまり使わせてもらうつもりだからな。前払いだ」

父ちゃんは、金《かね》に無頓着《むとんちゃく》だ。

いや、かすかに耳の先がピクピクしているから、ひょっとしたら今まで苦労をかけた罪滅ぼし、とも思っているのかもしれない。

でも、こんなのもらっても使い道がないし……と思いかけたオイラの耳に、思いがけない父ちゃんの提案が届いた。

「邪魔なら、お前の倉庫にでも入れとけ。金でも武器は作れるからな」

「えっ、ホントに⁉」

がぜん、金に興味が出てきた。

「ノマドも大概だけど」

「ノアしゃんも、似た者親子じゃよね」

帰り損ねた婆ちゃんたちが背後で何か言っている。エスティがいるから、ひそひそ声だ。

「といっても、普通に使ったんじゃ柔らかすぎて実戦には使えん。装飾用か、神社仏閣《じんじゃぶっかく》への奉納用がほとんどだな。ただ、金てのは竜が好むだけあって、実はミスリルより魔法親和度が高いと言われてるんだ。そのせいか、金を使用した合金を持っていると、マグマ石、ミナモ石、ツムジ石、タマキ石なんかの特殊金属の鉱石や、ゴーストライトって幻《まぼろし》の金属の鉱石が見つけやすくなる、って言い伝えもある。まあ、貴重な金を、合金なんぞに使うようなバカは……」

そこまで言ってこちらを見る父ちゃんの目には、オイラの目が、キュピーーンと光ったように見えただろう。

「……いたな」

父ちゃんによると、『合金』スキルを使って合金にした金属というのは普通元に戻せない。つまり希少な金を合金に使ってしまった場合、金としての再利用は出来なくなる。さらに、合金の一種として金を利用した剣より、金をそのまま売ったほうが高値が付く。だから金は合金には使用しない、というのが鍛冶士の常識だそうだ。

『合金還元』なんてスキルは非常識だ、とも言われた。

あれ？　確かオイラ、父ちゃんに無理矢理取らされたような気がするんだけど……？

「これだけあるんだもん、合金の一種に使うだけなら、何本作れるかなっ。マグマ石はもういっぱいあるけど、ツムジ石とか見つけられたら凄いよねっ」

わくわくしているオイラへと、にゅっと父ちゃんの腕が伸びてくる。

「何本作れるかはともかく、お前はしばらく鍛冶修業だ。鉱石拾いなんて行ってる時間はないぞ？」

逃がさん、とばかりにガシッと首をホールドされて、オイラは口をとがらせた。

「えぇーーっ。目の前にこんなオイシイ餌《えさ》ぶら下げといて、そういうこと言う？　ってか、オイラ、一か月に一回は冒険者ギルドの依頼達成しないと、テイマー免許切れちゃうんだけど？　そしたら黒モフとも一緒にいられないし、リムダさんだってここにはいられないよ？」

「そっ、それは困りますっ、お師匠さんっ」

オイラの言葉に、リムダさんが涙目で父ちゃんに迫る。

父ちゃんは片眉を上げて事もなげに言った。

「何言ってんだ、お前の倉庫にあっただろ？　鬼アザミのトゲだっけか？　あれを何回かに分けて納めりゃいいだろうが」

「何気にしっかり見てたんだ。でも、鬼アザミのトゲだって、三回も依頼達成すれば終わっちゃうよ？　そしたら、マンティコアの針とか、グリフォンの羽とかギルドに持ってくはめに……」

オイラの言葉に、父ちゃんは渋い顔をする。ついでにオイラのホールドを解いて腕を組んだ。

「鍛冶の素材を納めちまうってのはいただけねぇなぁ」

だよねー、と思うオイラの視界の隅っこに、火鉢の灰をかき混ぜながら肩をすくめる婆ちゃんたちが映った。

「似た者親子じゃね」

「おんなじこと言ってるよ」

エスティはといえば、セバスチャンさんの淹れた紅茶のカップを片手に、ニマニマしながら無言でオイラたちとリムダさんの様子を見守っている。

「冒険者ギルドの依頼にあって、ここで鍛冶しながら手に入るものって言ったら……」

オイラと父ちゃんは顔を見合わせ、それから視線をゆっくりとリムダさんへ向ける。

何を感じたのか、リムダさんの顔がサァーーッと青ざめた。

そのまま土間にペタンとへたり込む。

「ひ、ひぃぃっ？　ひょっ、ひょっとして、ぼ、ぼぼぼぼぼぼくのっ、素材ってことですかぁっ？」

リムダさんが両腕で体を抱きしめて後ずさる。

「しっ、しっ、仕方ありませんっ。ぼぼぼぼくもテイマー契約が切れて鍛冶が出来なくなるのは困りますしっ。覚悟は決めましたっ。爪《つめ》でもウロコでもっ。必要なだけ、はいでくださいぃぃっ」

腰が引けて、涙目でぷるぷる震えながらも言うリムダさんに、オイラと父ちゃんはにっこりと笑顔を見せる。

「またまたぁ。そんなわけないじゃん」

「そうだとも」

オイラの言葉に、父ちゃんも同意する。

「ほ、本当ですか……？」

信じられない、と上目遣《うわめづか》いで見上げてくるリムダさんへ、オイラは安心させるように言葉を重ねる。

「そうだよ。当たり前じゃん？」

「火竜の爪もウロコも、立派な鍛冶の素材になる。それをギルドに納めるなんて」

「「そんなもったいないこと」」

「ひぃぃぃぃぃ」

オイラも父ちゃんもニッコリと微笑んだのに、なぜかリムダさんはさらに青ざめて高速でぷるぷるしだした。

05 オイラたちの半年①

その後しばらく、リムダさんはオイラたちにおびえていた。

「大丈夫だよ。もらったしっぽにだってウロコ付いてるんだから。オイラが今まで採った他の火竜のしっぽにだってウロコ付いてたし。当分は困らないから」

だけどオイラがそう言うと、遠い目をして達観した様子だった。

エスティは、「面白いものが見られた」とセバスチャンさんとラムダさんを引き連れて上機嫌で帰って行き、それを見送った婆ちゃんたちも帰り支度を始めた。

なんでも、王都の外まで出れば、例の『伝書鳩』がソイ王国まで乗せてってくれるんだそうだ。

それ、もう完璧に、伝書鳩じゃない、ってか魔獣だよね……？

と、喉元《のどもと》まで出かけたけれど何とか呑《の》み込んだ。婆ちゃんたちが伝書鳩だと言うなら、それは伝書鳩なんだ、うん。

いくら上空とはいえ、王都に魔獣がいちゃマズイわけだし。

つっこもうとしたときのララ婆の笑顔が怖かったからでは、決してない。ないったらない。


オイラとリムダさんはその後、毎日毎日どっぷりと鍛冶漬けだったけれど、なぜかエスティがちょくちょく顔を出すようになった。

そしてそのたびに、オイラを裏の荒野に引っ張り出し、戦いの稽古《けいこ》をつけてくれるようになった。

「ノアが来なくなって退屈での。我のほうから来てやったのじゃ。少し付き合うがよい」

とか言って。

その間の、父ちゃんの相槌役はリムダさんだ。

ちょっと気弱そうだから心配だったけれど、さすがは火竜。炉の火を怖がることもないし、飛び散る火花で火傷することもない。オイラとは比べ物にならないほどの力持ちで、回数を重ねる内に立派に金槌を扱えるようになった。

加えて、レベルも1000くらいあり、スキルポイントの余りもかなりあったので、『三種合金』『三重付与』までのスキルも問題なく取得することが出来た。火竜に鍛冶士の特性なんてあるのかと思ったけれど、竜がとれるスキルの幅は人間よりずっと広いらしい。

戦うのが大好きな火竜は普通、戦闘系のスキルに全振りしていてスキルポイントの余剰なんてほぼないらしい。けれど、戦闘意欲の薄いリムダさんはそこまでする気にならず、結果的にスキルポイントも余りがちだったようだ。


そんなわけで、オイラは今、『無限の荒野』にいた。

オイラをポイと放り出し、エスティが緋色の扇子を口元に当てて優雅に笑う。

美しい微笑みと所作は、おそらく人間の王侯貴族のパーティとかに出ても飛びぬけているほどだとは思うけれど、脳ミソの中は戦いのことしか詰まっていないのをオイラは誰より知っている。

エスティの後ろからついてきたセバスチャンさんが、両手に抱えていたオイラの剣を十数本、どさりと置いた。

同じ所に置いてあったわけでもないのに、さすがはセバスチャンさん、よく今までオイラが打った剣をこれだけ集めてきたよな、と変なところに感心してしまう。魔法の鍵《かぎ》付きの秘密の倉庫に保管しているもの以外は、全て持ってきたようだ。

「エスティ、オイラ父ちゃんの相槌打ってる途中だったのに」

一応はむくれて見せるオイラに、エスティが楽し気に笑う。

「何を言う。ノアは鉱石拾いを禁じられた鬱憤《うっぷん》を晴らすことが出来、リムダはノアがいない間鍛治の経験を積め、我は戦えて楽しい。一石三鳥、一挙三得の素晴らしい鍛錬ではないか。のぉ、セバス」

「さようでございますな、お嬢さま」

うやうやしく同意するセバスチャンさんを、オイラは地面に胡坐《あぐら》をかいたままムスッと睨む。

セバスチャンさんはいまだに、オイラをエスティの伴侶候補とか思ってるみたいだから、オイラとエスティが遊ぶのは望むところなんだろうけど、当て馬だと自覚しているこっちにはいい迷惑だ。

「それ絶対、『エスティが楽しい』ってとこが一番重要でしょ⁉」

オイラのツッコミにカラカラと笑ったエスティが一歩前に踏み出し、セバスチャンさんはすすっと数歩後ろへ退いた。

「当然ではないか。ノアほど鍛えがいのある相手はそうはいない」

軽い調子で打ちかかってきた扇子を、慌てて引き寄せたアキナス《短剣》で受け止める。と、ビキッという音と共に真ん中からヒビが入り、そのままボキリと折れた。

アキナスは幅広の両刃、短剣にしては耐久性も高いはずなんだけど……さすがはエスティの扇子、鉄でも仕込んであるのか、ただの扇子じゃなさそうだ。

「そんなこと言って、オイラの相手なんか扇子で充分とか思ってるんでしょ⁉」

座った体勢から、バク転をするようにぴょんっと立ち上がったオイラの足先を扇子がかすめた。

緋色の扇子が扇いだ風にはかまいたちが交ざり、よけたオイラの周囲で無数の草花が千切れ飛ぶ。

竜体の羽から放たれるかまいたちより威力は弱いけれど、細かいだけによけづらい。

「ほぉ、なるほどなるほど。あのパルチザンで相手をしてもらえぬからと拗ねておったわけか。かわゆいのぉ。ならば、パルチザンで対するに相応《ふさわ》しいと、その身で示してみせるが良い」

……結局その日はエスティに「次は『金烏《ジンウ》』で相手してやろう」と言わせることも出来ず、扇子相手にオイラはボロ負けした。

勝負ではなく鍛錬と言い切っていたからか、オイラが打った剣が全て砕かれ、オイラもズタボロになって立てなくなると、あっさりとエスティは扇子を収めた。

父ちゃんに鍛冶を教わり始める前の剣だったとはいえ、扇子にあっけなく砕かれるのを見ると情けなくなってくる。いったい何で出来てるんだ、あの扇子。

そうぼやくオイラに、エスティはニマニマと笑って答えた。

「これは、当代一の名工が精魂込めて造り上げた名品よ。おぬしのナマクラに負けるようなものではないわ」

それからもエスティはほぼ一日おきにやって来ては、オイラを荒野へと引きずって行く。

竜体のときほどではないけれど、オイラとエスティの体格差は大きいため、扇子を含めたエスティの間合いと剣を持ったオイラの間合いはほぼ同じくらい。

今まで通り、足でかわして死角を狙《ねら》おうとするけれど、竜体に比べて人型の死角は少ない。背後をとっても予《あらかじ》め分かっていたかのように後ろ手に扇子で弾かれ、しっぽに横薙ぎにされる。豊かな胸の真下とか意外性のある場所を狙ってみても、ことをなげに蹴り飛ばされた。

しかも、目に見えるところにはウロコがないから、素材を採って終わり、ということにもならない。目に見える素材は羽かしっぽか角だけれど、オイラにはまだまだエスティのそれらを丸ごと落とす実力はない。

結局、セバスチャンさんが集めてきたオイラの剣が一本残らず砕け散るまで、『鍛錬』は続くことになる。エスティが来ない間に打ちためた剣は、ほんの一時間で全て粉々だ。

速さなら何とかオイラもエスティに及ぶけど、エスティは一撃一撃がとんでもなく重い。かすっただけで風圧でのけぞり、腹に入った蹴りは咄嗟《とっさ》に後ろに跳んで衝撃を受け流そうとするものの、数十メートルは吹っ飛ばされた。

そんなのを二時間も繰り返せば、へろへろのふらふらになる。精も魂も尽き果ててボロ雑巾《ぞうきん》のようになったオイラを担ぎ上げて、意気揚々とエスティが凱旋《がいせん》する、というのがパターン化した。

そのまま鍛冶をする気力もなく寝床に倒れ込んだオイラは前後不覚になって朝まで爆睡するわけだけれど、朝起きるとなぜか毎回きっちり回復している。不思議に思っていたら、寝ている間にリムダさんがこっそり治癒魔法をかけてくれている、と父ちゃんが教えてくれた。

ちなみに、鍛錬の間は最強の火竜が闘気を垂れ流しにしているわけだから、畑に魔獣が迷い込まなくなってベーコンが中々作れないとテリテおばさんが嘆いていた。

そんなことを一か月も繰り返す内、オイラは気付いた。

エスティと戦っているとき……ごく稀《まれ》にだけれど、普段よりエスティの動きが遅く見える瞬間がある。エスティがあえてゆっくり動いているわけじゃない。オイラ自身の動きすらゆっくりに感じるのだ。

多分、集中力が限界突破したとか、感覚が鋭くなっているとか、そんな感じなんだろう。

エスティの動きが分かる。どうよければいいのかが分かる。自分の体をどう動かせばいいのかが本能的に分かる。

何かのスイッチが入ったかのように、その瞬間だけ匂《にお》いも音も、目に見える景色も肌に当たる空気の動きさえもが、くっきりと鮮明になった。

闘いを重ねるごとに、少しずつ少しずつ、一瞬だけだったその時間が増えていく。

……楽しい。

戦えている。

あの、エスティと。

互角とは言えなくても、一撃で伸《の》されることはずいぶん減った。


——ガキャッ！

のけぞるようにエスティの攻撃をよけたオイラは、その勢いのまま地面に片手をつき、腰をひねってエスティの伸びきった手首を蹴り上げた。扇子を取り落としたエスティへ、間髪《かんはつ》容《い》れず低い体勢からすくい上げるように横薙ぎの一撃を放つ。

決まった、と思った次の瞬間、ギャリンッと音がする。

キラキラと、砕けた自分の剣の破片が飛び散る。それさえもゆっくりに見えた。

「だーっ、そんな手もあるとかずるくない……っ？」

あまりの光景に、思わずへたり込んだオイラは声を上げた。

オイラが横薙ぎにした剣は、ガードしたエスティの左腕に阻まれた。その腕の外側は、いつの間にやら真珠のような淡い光沢を持つ赤いウロコに覆われている。

普段、人型のエスティの腕は人間と同じ色をしていて、人と同じように柔らかいんだけど、炎と同様にウロコさえも出し入れ自由ってことか。

つまりエスティに一撃入れるには、ウロコを貫通出来るだけの攻撃力か、エスティがウロコを出す間もない完全な不意打ちじゃなきゃダメってことだよね？

無力感が凄いんだけど。

「ずるではない。これもれっきとした防御、ダメージが入らなかったのはおぬしの一撃が軽すぎるせいじゃ。……じゃがまあ、ようやった。ずいぶんと動きも良うなっておる。同じ間合いの相手に対する鍛錬は、とりあえずこんなもので良いか」

「……へっ？」

思いがけず褒められて間の抜けた声を上げるオイラに、エスティはいつの間にやら手に持っていた扇子でポンポンと首の後ろを叩きながら、片手を腰に当てた。

「ノアから蹴りが出たのは初めてだったのぉ。そもそも、ノアは今まで人間相手に闘ったことがあるのか？」

思いがけない問いに思考を巡らすも……そういえば、ほとんどないかもしれない。

「ない、かな？　テリテおばさんには鍛えてもらったけど」

「テリテは冒険者、教え方もおそらく対魔獣を想定しておったじゃろう。ノアが普段出入りしておる『無限の荒野』、『竜の棲む山脈』には大型の魔獣が多い。そのせいか、ノアは無意識に対大型魔獣の戦法が身に染み付いておるのじゃ」

「……はぁ」

いったい何の話だろうと気の抜けた返事をするオイラに、エスティが滔々《とうとう》と説明してくれる。

「確かに竜や大型魔獣相手ならば、多くある死角に潜り込み隙をつく戦法は間違いではない。じゃが、小型魔獣や人との戦いにおいては、いくら小柄なノアといえど、死角を取るのはそう容易《たやす》いことではない。であれば、剣の攻撃のみに頼るのではなく、攻撃の幅を持たせたほうが良い。大型魔獣や竜へ蹴りや絞め技など繰り出しても体力の無駄じゃが、人に対しては充分な有効打じゃ。事実、我も人型でセバスやラムダと鍛錬するときには、蹴りも投げも多用しておる。その他にも剣の柄や相手の服を掴んで引き寄せるなど、考えられる攻撃手段はまだまだあるのぉ。小柄なところを活かして、足払いなど多用しても良い」

そこまで一気にしゃべってから、エスティはポカンとしているオイラに気付いたようだった。

「どうかしたかの？」

「……これって、本当に『鍛錬』だったんだ」

「鍛錬でないなら、何だと申すのじゃ？」

首を傾げたエスティに毒気を抜かれたオイラは、思わず正直に言った。

「いや、単にエスティの暇つぶしとか、楽しいからやってるのかと」

ほほう、とエスティの額に青筋が立った。

「歯に衣着《きぬ》せぬ物言いは確かにおぬしの美点じゃが、時には口は禍《わざわい》の門《かど》、ということをとっくと思い知らせてくれねばのぉ」

口元をヒクヒクと引きつらせながら、エスティがオイラの頬を掴んでむにょーんと伸ばす。

ふがふがしつつも、オイラはひとつ思いついてポンと手を打った。

「ああ、なんかやはらと蹴《た》られるなーとは思ってはけろ、あえってひょっとして、オイラに蹴り技を教えようとしてくれてたわけ？」

「もちろんじゃ」

「単にオイラを蹴っ飛ばすのが楽しいからかと思ってた！」

「確かに楽しい……ゲフンッ、いや何を申すのじゃ、言葉で説明するより体で覚えたほうが咄嗟に使えるものじゃ。『最強』を目指すと申すノアを強くしてやろうと、我は真面目に誠心誠意、粉骨砕身……」

そこに口を挟んだのは、控えていたセバスチャンさんだった。

「気に入りのリムダを取られて、お嬢さまはご傷心《しょうしん》なのでございます、ノアどの」

「え？　リムダさんて、エスティのお気に入りだったの？　戦うのとかあんまり好きじゃないって言ってたような？」

お気に入りのリムダさんがいなくなって、オイラの『鍛錬』が始まったってことは……リムダさんもオイラみたいに、エスティにしごかれてたってこと？　なんかイメージじゃないなぁ。

オイラが考えていることが分かったのか、セバスチャンさんが緩やかに首を横に振った。

「ええ、リムダはお嬢さまの一番のお気に入り。リムダさえいればどの竜も、どれほどお嬢さまにしごき抜かれて、蹴飛ばされても投げ飛ばされても丸焼きにされても、治癒魔法でケロッと元通りにさせられますから。人の身であるノアどのは治癒魔法を受けても回復に一晩はかかるようですが、体力と生命力の多い竜ならば、リムダさえいれば闘い↓回復↓闘い↓回復の耐久レースも容易いものです」

それ……無限地獄って言わない……？

「火竜の皆も快く送り出してくれました」ってリムダさんが言ってたけど……もろ手を挙げて喜んでいる火竜たちの姿が目に浮かぶようだ。いくら戦い大好き火竜でも、エスティ相手の無限ループはキツイに違いない。

「リムダがいなければ、いくら竜とはいえ、お嬢さまに与えられたダメージから回復するには数日かかりますゆえな。お嬢さまはお寂しいのです」

「セバス、余計なことを申すな」

何だか綺麗《きれい》にまとめたセバスチャンさんと、なぜだか照れたように頬を染めるエスティに、オイラは頭を抱える。

「つまりそれって、火竜をオモチャに出来なくなったから、オイラで遊びに来てるってだけじゃないかぁぁあっ！」

思わず叫んだオイラに、エスティが心外そうに口をへの字にする。けれど、そのへの字にした口

元は隠し切れないようにヒクつきニヤついている。

「そうかそうか、今までの鍛錬では物足りぬとノアは申すのじゃな？　さすがはわが友。『最強』を目指すに相応《ふさわ》しい心意気じゃ」

「ちょっ、オイラそんなことひと言も言ってない……！」

「同じ間合いの相手との戦いに慣れたならば、非力なノアのために、セバスに頼んで相手の力を利用したカウンターや受け流しを伝授してもらうつもりでおったが。そうかそうか、そんなにもノアが我との戦いを所望するならば仕方がない。せっかく控えていてくれたセバスには悪いが、ここは一足飛びに、『自分よりも圧倒的に間合いが大きい相手との戦い』へと繰り上げることにしよう」

「えっ、なに、セバスチャンさんの戦い方のほうがめっちゃ気になる……！」

オイラのセリフには全く聞く耳を持たず、エスティは横に大きく扇子をかざし、ニマニマと笑う。

「のぉ、『金烏《ジンウ》』よ。ノアがおぬしと、闘いたいと申しておるぞ」

「へっ!?」

次の瞬間。

エスティの持つ扇子が、淡い光に包まれた。

蛍《ほたる》より黄色い無数の光が扇子から放たれ、むくむくむくっとその形が大きくなる。

そこに現れたのは……

「『金烏《ジンウ》』!?」

長大な美しいパルチザンだった。

見間違えるはずもない、父ちゃんとオイラがヒヒイロカネで打った、【神話級】。

エスティの言葉がフラッシュバックする。「これは、当代一の名工が精魂込めて造り上げた名品よ。おぬしのナマクラに負けるようなものではないわ」——当代一の名工ってのは、父ちゃんか。

目を真ん丸にして驚くオイラに、エスティが「してやったり」と言わんばかりの顔でくっくっくと笑う。

「闘いたいと、申しておったじゃろう、ノア？」

「……言った」

エスティによると、「そちは美しいが大きすぎて、持ち運びには、ちと不便じゃのぉ」と呟いたとたんに、『金烏《ジンウ》』は扇子に姿を変えたという。単に生きてるっていうより、ちゃんと意思があるんじゃないかと思われる。

オイラが打つ剣は、父ちゃんの指導もあってずいぶんマシになったけれど、エスティの扇子が『金烏《ジンウ》』だったというのならば、あれだけ砕かれたのも頷ける。

パルチザン形態になった『金烏《ジンウ》』を構えたエスティは、文字通り鬼に金棒だけれど……。オイラは湧き上がってくる感情に胸元を掴んだ。

敵《かな》わないかもしれない、いや、絶対敵わない。それでも、『金烏《ジンウ》』を持ったエスティと闘えることにワクワクした。

蹴り、投げ、相手の力を利用する。エスティがさっき言っていた戦い方が頭の中をグルグルと回る。

オイラの持てる全力で……この最強の存在に挑みたい。

オイラはぴょこんと立ち上がると、両足を揃えて勢い良くエスティに頭を下げた。

「よろしくお願いします！」

「うむ、『金烏《ジンウ》』の錆《さび》にしてくれようぞ」

「いや『金烏《ジンウ》』は錆びないと思うけどなぁ」

「これ、茶々を入れるでない」

それからもほぼ毎日、オイラとエスティの『鍛錬』は続いた。


春が終わって、初夏になる頃。

オイラは毎年、テリテおばさんちの田植えに駆り出される。

うちで食べてるお米は、この田植えの手伝い賃だから、このときばかりは父ちゃんも文句は言わない。いや、言えない。

「ノアちゃーーん、こっからそっちまで。いつも通り、よろしくねーーーっ」

「ほーーい」

テリテおばさんちの田んぼは、とても広い。端っこがかすんで見えないくらいだ。

代《しろ》かき（水をたたえた田んぼを耕す作業）や畦塗《あぜぬ》り（田んぼを囲む土壁に田んぼの土を塗りつけて防水加工をする作業）はテリテおばさんの独壇場《どくだんじょう》なんだけれど、田植えなんかの細かい作業は、テリテおばさんの苦手な分野に入る。

そこで毎年、オイラに声がかかるわけだ。

「いつもながら、すげえな」

お昼の時間、テリテおばさんの息子のマリル兄ちゃんが弁当を持って来てくれる。

子どもの頃はオイラと並んで田植えをしていたけれど、最近じゃ、ついていけないとか言って、もっぱら苗を補充したりお昼を作ってくれたり、サポートに徹している。

「これだけの面積、午前中だけで終わったのかよ。残り半分か？　今日中にゃ終わるな、こりゃ」

「ノアちゃんが手伝ってくれるようになってから、田んぼの面積もだいぶ増やしたってのにねぇ」

オイラが田んぼの畔《あぜ》に座ると、首筋から黒モフがひょいと降りてマリル兄ちゃんの膝に登る。基本的に怖がりな黒モフだけれど、マリル兄ちゃんのことはすっかり『ごはんをくれる人』と認識している様子で、積極的に近づいていく。マリル兄ちゃんも心得たもので、黒モフ用に作った一口サイズのおむすびを葉っぱに載《の》せて食べさせていた。

もぐもぐしている黒モフの背をこちょこちょと撫《な》でながら、マリル兄ちゃんがテリテおばさんに文句を言う。

「なんぼなんでも増やしすぎだよ、母ちゃん。野まわりにどれだけかかると思ってんのさ」

野まわりというのは、田んぼの水回りを確認して歩く管理作業のことだ。

うっかりモグラ穴なんかがあると田んぼの水が抜けて下の畑が水浸しになるし、草が詰まったりして上手く水が入らないと田んぼがひび割れて稲が枯れてしまう。草取りもあるし、田植えと稲刈りだけで米が食べられるわけじゃないのだ。

テリテおばさんちの野まわり係はマリル兄ちゃんで、時々オイラも手伝ったりする。

「だってお隣のロイ爺《じい》さんが、歳だからって離農しちゃったんだから。これだけの土地、作らなかったらもったいないだろ？」

マリル兄ちゃんの持って来たおむすびを頬張りつつ、テリテおばさんが笑う。オイラがかじりついて四口か五口はあるサイズのそれを、一口でひょいパクひょいパクとやっている。

地平線まで広がる目の前の広々とした田んぼは、こっち半分は苗が植わって、薄く緑色になっていた。

「つったって、ノアに頼りすぎだろ。母ちゃんが植えたの、ノアの百分の一もないじゃねぇか」

「ノアちゃんに、スピードで敵うわけないだろ。そう言うマリルなんか、まだこんなにちんまいノアちゃんに負けたのが悔しくて、田植えは早々にリタイアしちまったくせに」

テリテおばさんに言われて、マリル兄ちゃんがぷーーっとふくれる。

食べ終わって満足した黒モフが、けぷっと息を吐いてマリル兄ちゃんの膝を降り、オイラへとよじ登ってきた。

「まっ、今年の米も安心してくれていいよ、ノアちゃん。二反《にたん》分、そっくり持ってってくれて構わないから」

黒モフの口元に付いていたご飯粒を取りながら、オイラは首を傾げる。

「あれ？　去年まで、手伝い賃て一反《いったん》分だったよね？」

「今年から食い扶持《ぶち》が増えたんだろ？　ノマドさんに、弟子が来たそうじゃないか」

「でも、リムダさんはあんまり食べないから……」

「そんなこと言わないで、米くらい腹いっぱい食べさせてやんなよ」

火竜は、基本的にあまり食べない。けれど火竜の領域を離れると食べる必要があると、前に聞いた覚えがある。そう考えると、リムダさんは本当は食べたいのに遠慮してたんだろうか？

「じゃ、ありがたく、もらうね」

黒モフと一緒にポリポリとたくあんを噛《か》みながら頷くオイラに、マリル兄ちゃんが呆《あき》れたように言った。

「これだけの面積の田植え、人を頼もうと思ったら百人がかりの数日仕事だ。もっと持ってってもいいと思うけどなぁ」

「欲張ってもらっても、食べきれない分は虫がついちゃうからね」

「米を日向に広げて干しとけばいいなくなるだろ？」

キョトンとしているマリル兄ちゃんは、本当に根っからの農家だと思う。

町場の人には、農家はいつも新鮮なものが食べられて羨《うらや》ましい、なんて言われることもあるみたいだけれど、オイラが見る限り、意外と農家は古いものも食べている。

新米の季節になっても、古米が残っていたらそっちから食べるし、虫食いになった米だって捨てたりはしない。しなびた野菜だって、なんだかんだと工夫しては食卓に載せているし、花が咲いて固くなった大根だって食べる。

売り物と違って、一番美味しい時期に全部収穫するわけじゃないから、まだまだ食べるには早すぎる頃から採って食べ始めて、トウが立ってもまだ食べていたりする。

「新米の季節になったらまたもらうから大丈夫だよ」

だいぶテリテおばさんの影響を受けているとはいえ、農家じゃないオイラとしては新米の季節には新米が食べたい。黒モフも新米大好きだし。

たくあんを食べ終わった黒モフは、オイラの首元に戻って早くもウトウトし始めた。

「今年もホウネンエビにカブトエビがわんさかいたからね。豊作間違いなしさ」

テリテおばさんが、厚い胸を叩いて豊作を請け負ってくれる。

ホウネンエビやカブトエビというのは、田んぼの水の中にいる二センチほどの甲殻類で、この辺りではそれらが多いほど豊作になる、と言われている。

「毎年思うんだけどよ、ヌマエビみたいにホウネンエビも食えねぇもんかな？　適当にすくったバケツの中に数十はいるだろ？　かき揚げとかにすりゃ、意外といけるんじゃねぇかと思うんだけど」

真面目に算段を始めるマリル兄ちゃんに、思わずオイラはつっこむ。

「ちょっと、田植えの縁起物を食べちゃダメでしょ。うっかり不作になったらどうするのさ」

「でも、タニシだって田んぼの神様の使いとか言うのに食うだろ？」

「確かに？」

タニシのヌタは、マリル兄ちゃんの得意料理で、父ちゃんの好物の酒のツマミだ。

そんなことを話していると、ふと陽射しが陰った。

「あれ、雲が出てきたね。降らない内に終わらせちゃう?」

オイラが目を向けると、テリテおばさんは指についた塩をしごくように舐《な》めていた。

「まだ『竜の棲む山脈』がはっきり見えてるから、夕方までは大丈夫じゃないかね。雲に山が完全に隠れたら、三十分以内には降ってくるから。まあ、早いとこ終わらしちまうに越したこたぁないか」

よいこらしょと立ち上がったテリテおばさんの返事にオイラも同意する。田植えはどのみち濡《ぬ》れる仕事だし、カンカン照りよりは雨のほうがやりやすいくらいのものだけれど、雨が降るとスピードが落ちる。

「じゃあ、また三時になったら新じゃがのふかし芋でも持ってくるよ」

「うん、楽しみにしてる!」

オイラは笑ってマリル兄ちゃんに手を振ると、再び田植えに戻った。

田んぼの泥の中で速く動こうとすればするほど、泥や泥の混じった水が足に絡みつき、体力を奪われる。シロウトさんには難しい作業だけど、その点、オイラはもう十年来のベテランだ。コツは、へたな長靴《ながぐつ》なんてはかないで裸足でやることと、泥に入れた足に泥がくっつく前に足を引き抜くこと。もちろん稲の苗を植える手も同様に。

結構、コレ、職人芸だと思うんだ。

シュバババババッと。

田植えとは思えないような水しぶきをあげながら縦横《じゅうおう》無尽《むじん》に田んぼを移動するオイラを、弁当の後片付けをしながら、マリル兄ちゃんが呆れたような顔で眺めていた。

鬼アザミのトゲの在庫がなくなってからは、ちょいちょい冒険者ギルドに顔を出して、すぐに達成出来そうな依頼はないかを確認するようになった。とは言っても、やっぱり裏の荒野にわさわさいる鬼アザミのトゲの収集が一番効率が良くて、オイラは毎回その依頼ばかりを受けている。

今回も、護衛だとか輸送だとか色々な依頼に目を通したものの、やっぱり鬼アザミの収集にすることにした。

常時依頼のこれは、わざわざ依頼の紙を引っぺがして手続きしなくても品物があるときにカウンターに持っていけばいい。手続きをすることもないので、そのまま冒険者ギルドを出ようとすると――

「ノアさんっ、ノアさんっ。ちょうどいいところにっ。ノアさんに、お願いがあるんです」

受付のお姉さん、ウサギの獣人のスゥさんに声をかけられた。

「なに？　今日はまだ、鬼アザミのトゲは持って来てないよ？」

「違うんですっ。私、今、ちょっとしつこい方に言い寄られてまして。護身用の短剣か何か、お願い出来ませんか？」

「えっ？　って、鍛冶の依頼ってこと？」

「個人的に護衛を雇うようなお金はありませんので……ギルド内にいるときはまだいいんですけど、帰り道とか心配で」

エスティの託宣の一件以来、父ちゃんに鍛冶の依頼に来る人も、ぽつぽつ現れ始めた。

もっとも、今まで全く縁のなかった人の場合、いったん鍛冶ギルドで父ちゃんのことを尋ねることになるので、そこでかなりの数のお客さんが弾かれてしまう、と、ネム、ジャム、ラムの三人組が言っていた。あの三人は、結局父ちゃんの弟子になることはなかったけれど、今でもたまに顔を見せて、鍛冶ギルドの情報なんかを伝えてくれる。

父ちゃんはああだし、リムダさんもオイラも基本的に鍛冶にしか興味がないから、ギルド内でどう言われてるかとか正直全く気にしてなかった。

三人組からの情報によると、やっぱり鍛冶ギルドでは『あの鍛冶士はオススメしません』とか言っているそうだ。それでも一週間に一人くらいは誰かしら来てくれるようになった。

そこでオイラは、やってきた人が分かりやすいよう、鍛冶場の入り口手前に小屋を建てて、カウンターを作った。

材木？　その辺に生えてるのを、エスティに試し斬《ぎ》りがてらスライスしてもらって、ちょちょいのちょいと。

乾燥？　リムダさんに、ほわ～っとため息ついてもらって終了。

組み立て？　長年あちこちの雑用をやってたオイラをなめちゃあいけない。

内装？　そんなの必要？　ってなもんで。

オイラの倉庫周りのガラクタの中から、適当な戸を持って来てはめる。

戸の横に、オイラの通ってた手習い所の満月先生に書いてもらった看板を打ち付けて。

『ノマド鍛冶・販売もいたします』

完了。

父ちゃんとリムダさんで打った武具を並べて、展示兼販売。

依頼してくれれば新しく打つけど、ここにあるのでよかったら買ってってください、ってわけだ。

武器屋を開くには、国の許可が必要なんだけど、そこはジェルおじさんのコネで。父ちゃんは、ジェルおじさんに頼るのはためらわれるみたいだけど、オイラは一切気にしない。だってジェルおじさんだし。

ここに並べてある剣は、【名人級】と、ひとつ上の階級の【希少級】。

なんでここに、さらにその上の【伝説級】がないのか？

当然、オイラが打った剣はともかく、父ちゃんが打った剣には【伝説級】もある。最初は【名人級】から【伝説級】まで順番に並べてあったんだけど、それを見て、開店祝いに来てくれたジェルおじさんが激怒した。

「一本新たに世に出りゃあ瓦版《かわらばん》が撒《ま》き散らされるほどの【伝説級】が店売り、店売りだと⁉ 千両箱をその辺に置いて、どうぞ盗んでくださいっつってるようなもんだ！」

だって。

ジェルおじさんによると、一般的な値段として、【量産級】で一本一両銀二十五枚。

値段は、階級がひとつ上がるとだいたい倍以上になる。

【職人級】で一両銀五十枚以上。

【名人級】で一両銀百枚以上。
【希少級】で一両銀五百枚以上。
【伝説級】は最低でも一両銀一千枚以上。千両箱をそのへんに置いておくのと変わらない、っていうのはそういうことらしい。

米が十升で一両銀一枚だから、【名人級】が一本売れれば、米に換算すると……えっと。

まあ、うちの米は、テリテおばさんちの田植えのお手伝い賃にタダでもらってるから、わざわざソロバンとか出すまでもないよね、ということで。オイラはソロバン勘定が苦手です。

そんなわけで、【伝説級】も打ち上がってはいるけど、さすがに小屋に並べとくのはどーよ、って話になり、きっちり倉庫にしまってある。

もし【伝説級】を求めるお客さんが来たら応相談。店に「【伝説級】あり〼」の貼り紙をしたらまた怒られた。

【伝説級】はぼちぼち打てる父ちゃんだけど、『三重合金』『特殊三重付与』はまだ成功したことがないので、挑戦したけど失敗して【量産級】以下の【見習い級】になってしまった剣もかなりある。けれど、そういうのはオイラが『合金還元』で元の金属に戻しているから、小屋に並ぶことはない。結果として、店に並ぶのは【名人級】～【希少級】までとなる。

ちなみに父ちゃんの剣に、名前は彫っていない。

ネームドというのは、鍛冶ギルドの許可があって初めて名乗れるんだけど、鍛冶ギルドの中でも重鎮のブルータングさんという人が、頑《かたく》なに反対しているそうだ。

まあ父ちゃんは、鉱石と素材があって、製錬に不自由なくて、思うように剣が打てれば満足な人だから、自分の名前が売れることになんか興味なさそうだけど。

本来なら、鍛冶ギルドを通さずに直接依頼人から受注する、っていうのはネームドの親方だけに許された特権らしい。

ギルドというものは、税金を集める役割も担っている。冒険者ギルドにしても鍛冶ギルドにしても、報酬や手間賃から手数料と一緒に税金を徴収している。魚や薬なんかの「問屋」も同じような役割を果たしていて、商品はいったんギルドや問屋を通すことが法律で決まっている。そこで課税した商品を仕入れて売ることで、小売りの商売人は税金を払ったことになるし、買った人も間接的に税金を納めていることになる。

ネームドの親方がギルドを挟まなくていいのは、税金が免除されているわけではなく、自力で税金を納める力がある、と認められているからだそうだ。

うちも、店を開くにあたり、ジェルおじさんの知り合いが税金の計算に来てくれることになった。

そんなことをつらつらと思い出しつつ、オイラは受付のお姉さんの顔を見上げる。エスティと違って、胸がささやかなおかげで白い顔が良く見える。

「んー、オイラが適当にみつくろって持ってきてもいいけど、良かったらうちの鍛冶場に来る？依頼されてから打つってなると何日かかかるけど、もう打ってある剣なら、その場で売れるから」

オイラの言葉に、お姉さんはきょときょとと辺りを見回しながら、耳を寝かせてプルプルと少し震えていた。そんな動作がいかにもウサギっぽくて、おびえているお姉さんには悪いけど、何だか微笑ましくなる。

「な、なるべく、攻撃補整の高いものをっ」

防御補整じゃなくて攻撃補整ということは、お姉さんが戦うつもりなんだろうか？　失礼だけれど、強そうには全く見えない。

「受付のお姉さんなんだから、自分で武器を買うより、知り合いの冒険者に頼んで送り迎えしてもらったらどう？　エマとか喜んでやってくれるんじゃない？」

「エマ？　エマートンさんですか？　エマートンさんには、ちょっと荷が重いっていうか……」

「って、Bランク冒険者でしょ？」

猪《いのしし》の獣人のエマはBランク冒険者。中堅どころか、上位冒険者のはずだ。

お姉さんは、少し逡巡してから、オイラの耳元に口を寄せ、そっとささやいた。

「実は。私がつきまとわれて困っている相手、って……そのぉ、勇者さまなんです」

06　勇者さん登場？

「……はぁ!?」

思わず大きな声が出た。

「しーーっ」

お姉さんが慌ててオイラを、ギルドの隅に引っ張って行く。

「勇者さまは、今まで隣のソイ王国で活動されていたんですが、最近このデントコーン王国にいらしたんです。レベルは54でエマートンさんよりはるかに上ですし、苦難の末に『獣の森』を踏破《とうは》されて。冒険者には、とても人気があります。うちのギルドでもろもろの手続きをしてくださったので、ギルドとしても万々歳、大感激……までは良かったんですけど、そのときたまたま担当した私を気に入っちゃったみたいで……」

本当に困ったようなお姉さんだけれど、オイラは途中が気になった。

「『獣の森』って、確かレベル10くらいの冒険者が行くとこじゃなかった?」

「はい、『獣の森』の入り口らへんで魔獣を狩ったり、薬草を採集したりするような、駆け出し冒険者の方ですね。でも、勇者さまは『獣の森』を『踏破』され、一番奥に到達し、別の領域――『妖精《ようせい》の森』への入り口を発見されたそうで……」

そこでお姉さんは、再び辺りを見回し、さらに耳をピクピクと動かして、誰も聞いてないことを確かめると、そっとささやいた。

「『妖精の森』っていうのは、ミスリル他貴重な素材の宝庫と言われてまして。あるとは伝えられていたんですが、入り口は長い間見失われたままで、その場所の発見はギルドの悲願だったんです。だから……今、冒険者もギルドも、勇者さまに逆らえる者は誰もいないんですぅ」

オイラの耳としっぽの毛が、ブワッと逆立つ。

「えっ、ミスリル!? それ本当?」

「……注目して欲しいのは、誰も私を助けてくれない、ってところなんですけど」

キュピーンと目を輝かせたオイラに、お姉さんが渋い顔をする。

だって、オイラはまだミスリルを打ったことがない。

普通の鍛冶士は鍛冶ギルドからミスリルを回してもらえるけれど、鍛冶ギルドに睨まれている父ちゃんには無理な話だ。オイラが今まで行った場所にもミスリル鉱石はなかった。オイラの目が輝くのはしょうがないことだと思う。

「まだ、勇者さま以外に『妖精の森』の入り口まで行けた方もいらっしゃいませんし。今、勇者さまの機嫌を損ねるのは、ギルド的にとても困るんですけど……でもっ、でもっ、正直好みじゃないっていうか」

「勇者さん相手に、言うなぁ」

「そんなわけで、今度、鍛冶場に伺いますからっ。私にも扱えそうな剣、考えておいてください。お会計は……その、出来れば分割で」

顎の前で両手を組み、じーっとオイラを見つめるお姉さんは小動物のようで確かに可愛い。分割払いでも全く構わないという気にもなる。でも……

お姉さんとしても色々と思い悩んだ末にそういう結論になったんだろうけど、正直、Bランク冒険者であるエマが敵わない相手に、攻撃補整の高い短剣の一本や二本あったところで何か出来るとは思えない。

それよりも。

「んー、つまりさ？　勇者さん以外に、『妖精の森』の入り口まで他の冒険者を案内出来る人間がいれば、勇者さんでも安心してフレる、ってことだよね」

口元がニマニマしてくるのが止められない。

オイラ一人じゃ、ミスリルがあるという『妖精の森』の入り口がどの辺なのかサッパリ分からない。お姉さんだけじゃ、『魔物の領域』へ探索に行くのは無理だろう。

これって、ウィンウィンとかいうんじゃない？

だって、ミスリル！　ミスリルだよ？

勇者さんの発見した『妖精の森』の入り口が冒険者ギルドの管理になっちゃったら、Fランク冒険者のオイラは入れなくなっちゃうかもしれないし。是非とも今のうちに行っておきたい。

「そんなこと言ったって、『獣の森』の奥地はレベル40〜50相当と言われていますし、『妖精の森』の入り口を捜し回れる人間なんてそうそう……」

そこまで言って、お姉さんは何かに気付いたようにオイラを指さした。

気付いた？　という思いを込めて笑うオイラに、お姉さんが叫ぶ。

「あーーーーっ！　ノアさんっ！　ノアさんならっ」

今度ギルドの受付が非番の日に、お姉さんと一緒に『獣の森』へ行く約束をして、オイラはギルドを後にした。

そういえば、ネム・ジャム・ラム三人組も言ってた気がする。

前代の勇者はデントコーン王国の現国王ジェラルド陛下だけれど、今の代の勇者は、隣のソイ王国に現れた。その勇者が、最近デントコーン王国にやって来た、という話だ。この大陸には魔王の伝説というのがあって、それを裏付けるかのようにおよそ二十年に一度、『戦神の加護』を持つ勇者が産まれる。とはいっても、魔王が現われたって史実はないみたいなんだけど。

「勇者さんねぇ」

オイラが鍛冶場の手前の小屋、もとい、鍛冶店の扉を開けた瞬間——

「あらん、ようやく帰って来たのねぇん」

カバ？　だろうか、ど派手な紫色の獣人がオイラを出迎えた。

お腹が、たゆん、と揺れる。

来客用の椅子から大部分のお尻がはみ出て、そこから小さなしっぽがたらんと垂れていた。

「えっと、お客さんですか？」

「そぉなのよ。はじめましてねぇ。アタシは、ジュリーオース。勇者なの」

「勇者さんっ⁉」

さっき聞いたばっかりのストーカー……もとい、勇者の思いがけない登場に、オイラは目を丸くする。

「うんうん、そうよねぇ。こんなちっさい鍛冶場に、勇者が現れるなんて。ビックリよねぇ」

勇者さんは、紫の髪の毛に宝石のはまった金色の額当て、異国風の薄紫色の服の上に、白金の軽鎧《よろい》をつけている。ソイ王国出身と言っていたから、砂漠の民族衣装なのかもしれない。

額当てや鎧は、確かに『勇者』を主張しているような装備だ。ただし、羽根飾りのついたど紫のマントと、青紫の羽根の扇子が目立ちすぎて、あまり勇者っぽい印象が残らない。

後ろに垂れた短いしっぽにも、ちんまりとした耳にも、紫色の宝石がキラキラしている。たれ目の上のアイシャドウは青、口紅は白。アイラインは紫。

全体的に派手だ。

そして、全体的に、たゆん。

多分、女の人、かな？

「さっき噂《うわさ》を聞いたばっかりで、ビックリして」

「うんうん、そうよねぇ。噂になっちゃってるわよねぇ。勇者だものねぇ」

勇者さんはご機嫌で、細い目をさらに細くしてニコニコしている。

「あら、アナタ、男の子？　女の子？　まぁどっちでもいいわよねぇ、かわいければ。アタシは博愛主義者なのよねぇ。男とか女とかで差別なんかしないから。でも、胸におっきな脂肪の塊がついてる子はダメなのよ、苦手なのよねぇ。それにひきかえ、きみはいいわぁ。ちょっとアタシの好みからすると幼すぎるけど、三年後が楽しみだわねぇ」

……そういえば、受付のお姉さん、スゥは美人だけれど胸はツルペタだった気がする。それを言って口説いたんだとしたら、嫌われるのも当たり前なんじゃないだろうか。

「で、勇者さん？　うちの鍛冶場に何のご用で？」

気を取り直して尋ねたオイラに、勇者さんは羽根のついた扇子でファサファサと首元を扇ぎながら用件を思い出したように言った。

「ああ、そう。ここにね、変わった鍛冶士がいるって話を聞いて来たのよねぇ。ほら、アタシ、勇者だから？　アタシに相応しい武器を打てる鍛冶屋って、中々いないのよねぇ」

「相応しいって？」

勇者っぽい武器……岩に刺さったまま、何千年と抜けない伝説の剣とか？

「アタシ、『勇者』認定されて五年くらいなのよねぇ。それがもうレベル54になって、このデントコーン王国の『獣の森』だって踏破しちゃったのよねぇ。凄いわよねぇ」

「凄いですね！」

とりあえず営業スマイル全開でオイラは頷く。踏破の凄さは良く分からないけれど、武器を求めてうちまで辿《たど》り着いてくれたのは素直に嬉しいし凄い。

「『獣の森』は踏破したんだけれど、その時点でソイ王国から持って来た剣の耐久性が限界だったのよねぇ。だから仕方なく、『妖精の森』に入るのは諦めるしかなくて。案の定、『獣の森』から帰る途中で、剣は壊れちゃってねぇ。アタシの戦いに、剣がついてこられなかった、ってわけよねぇ」

「なるほど。それで、耐久性の高い武器をお探しに？」

「鍛冶ギルドで、王都の鍛冶士ならこの人！　っていう鍛冶士を五人紹介してもらったんだけど、みんなアタシの言う条件は無理とか言うのよねぇ。まあ、勇者に相応しい剣ですものねぇ。難しいのよねぇ。そうしたら、最後に寄った鍛冶場でここの噂を聞いたのよ」

ということは、最後に寄った鍛冶場って、例の三人組のいるモン親方のとこだろうか？

「モンマブリスクって鍛冶士がねぇ。勇者さんに相応しい剣を打てるのは、王都の外れに住んでる偏屈のノマドだけだろう、って言うのよねぇ」

「へっ⁉」

目を真ん丸にして声を上げたオイラに、勇者さんが不思議そうな顔をする。

「へ？　って？」

「モン親方のとこの、鍛冶見習い三人組じゃなくて？　モン親方本人が、そう言ったんですか？」

「そうよ？」

……ビックリした。

父ちゃんは、王都中の鍛冶士から爪弾《つまはじ》きにされてると思ってた。モン親方は兄弟子ってだけでなく、父ちゃん自身を鍛冶士として認めてくれているのかもしれない。

「……それで、勇者さんに相応しい剣、て？」

「そうねぇ。攻撃補整が高くてぇ。速さ補整も高くてぇ。防御補整も高くてぇ。耐久性も高い剣ねぇ」

「……いわゆる、いい剣ですね」

ひょっとして他の親方たちは、この勇者さんの相手をするのが面倒くさくてたらい回しにした挙句、父ちゃんに押し付けたんじゃないんだろうか。そう疑いかけたとき、勇者さんの呑気《のんき》な声が耳をついた。

「具体的には。攻撃補整5000。速さ補整3000。防御補整3000。耐久性3000以上の、

「【希少級】ね」

「……！」

思わず絶句したオイラを、勇者さんが小首を傾げて見ている。

他の鍛冶場で断られるわけだ。

勇者さんが言った数値は、鍛冶士の常識的にあり得ない。

速さ補整と耐久性というのは、およそ反比例の関係にある。鍛冶の腕うんぬんもあるけれど、太い剣は丈夫で遅く、細い剣は速くて折れやすい。この法則は変わらない。

二兎《にと》を追う者は一兎《いっと》をも得ず。

ネームドの親方なら、どちらかを最高レベルにすることは簡単に出来るだろうけれど、それにはもう一方の性能は捨てなければならない。

攻撃補整が８０００以上とか言われたほうがよほど簡単だ。全てを３０００以上という高い数値にするのは、鍛冶士全員の目標だが、大きな矛盾を抱えている。

その矛盾の両立を成し遂げたものが、【希少級】と呼ばれる名剣になる。狙って出来るものではなく、鍛冶士の腕と環境と熱意と——何らかの条件が完璧に揃ったときにのみ稀《まれ》に打ちあがるもの、というのが鍛冶士の常識となっている。

おおまかに、合金無し付与無しが【量産級】。

付与有りで何かの数値が１０００以上が【職人級】。

何かの数値が５０００以上が【名人級】。

全ての数値が偏りなく3000以上が【希少級】。

全ての数値を足して20000以上が【伝説級】。

短剣か戦斧《せんぷ》か、といった武具の違いでも多少評価が変わる。攻撃補整4900でも、元々攻撃補整の低い短剣なら【名人級】となり、攻撃補整5100でも、元々攻撃補整の高い戦斧なら【職人級】となる。

【神話級】に関しては、一つの数値が20000超えとか、数値の合計が30000とか諸説ある。セバスチャンさんによると『持ち主によって最も相応しい大きさに変化する武器』らしいから、【伝説級】以下とは根本的に条件が異なるようだ。ひょっとしたら、攻撃力0の【神話級】とかも存在するのかもしれない。

階級が上の武器を作るには合金が必須《ひっす》なんだけど、スキルで『合成』した金属から元の金属を取り出すことは出来ないと一般に言われているので、失敗したらその材料代は丸損となる。

そんなわけで、よほど腕に自信がない限り、たとえ『合金』スキルを持っていたとしても、リスクの高い『合金』を日常的にやっている鍛冶士は少ない。

ただでさえ打ちあがる可能性の低い【希少級】、打つことを目指す鍛冶士が少なければ、当然打ちあがる数も少なくなる。

さらには、ひとつの数値が5000を超えればいい【名人級】と、満遍なく3000以上を目指す【希少級】では付与する鍛冶素材も異なる。【名人級】を打とうとしてたまたま【希少級】が打ちあがることはない。

「勇者の持つ剣なんだから。そのくらいじゃないとねぇ」

紫に塗られた自分の爪を見ながら、勇者さんが片眉を上げる。

多分、この勇者さんは鍛冶についてはシロウトで、速さ補整と耐久性の関係を理解していない。

単に能力の高い剣を求めているんだろうけれど、誰かに言われたのか数値を具体的に指定したせいで、【希少級】を打てる鍛冶士の親方たちにも匙《さじ》を投げられ続けてしまったんだろう。

武具鍛冶にはプライドの高い親方が多い。『ネームドを名乗りながらそれくらいの剣も打てないのか』と難癖をつけに来たと思われ、門前払いされてもしょうがない。

「それなのに、行く鍛冶場鍛冶場で、【希少級】というのは、滅多に打ちあがらないから【希少級】。全身全霊で打っても、何百本に一本出るかどうか。打ちあがったらすぐさま競うように買い手がつくから、在庫もない。そんなこと言うのよ、勇者のアタシに」

ぷくっと頬を膨らませる勇者さんは、無邪気というかなんというか。思い通りの剣が手に入らない不満は口にしても、鍛冶士の親方たちを『腕が悪い』と貶《けな》すつもりはなさそうだ。意外と子どもっぽいだけで、悪い人じゃないのかもしれない。

大きな口をタコみたいにとがらす勇者さんに、オイラはにっこり微笑んだ。右手を伸ばして、武器が立てかけてある壁の幅3メートルくらいを示す。

「勇者さんの言われる条件の剣ですと、そこからここまでになります」

「えっ⁉」

何を言っているのか分からない、といった風にぽかーんとする勇者さんに、オイラはさらににっこり微笑んだ。

【希少級】になる可能性のある『合金』を滅多にしない他の鍛冶場とは異なり、うちでは『合金』は通常仕様だ。まして父ちゃんの腕は火竜女王をして『当代一の名工』と言わしめた折り紙つき。【伝説級】か一歩間違うと【見習い級】なんてチャレンジじゃなければ、【希少級】が打ちあがることはざらにある。

「剣の好みはありますか？　片手剣？　両手剣？　短剣……は少し攻撃補整と防御補整が落ちますし、戦斧系ですすと、少し速さ補整が落ちますね」

「って、【希少級】よ？　本当に、ここから、ここまで⁉」

勇者さんが、立てかけてあった両手剣を手に取る。

鞘《さや》から抜き放つと、刀身を日にかざして目を細めた。

「アタシは『武具鑑定』があるから、ウソを言っても一発で分かる……！」

勇者さんが、細めた目を目一杯見開いた。

「『両手剣《バスタードソード》、【希少級】攻撃補整９０００、速さ補整３５００、防御補整４０００、耐久性３００８』……本当？」

自分で言ったセリフが信じられないように、勇者さんは何度も両手剣を見直している。

「本当だわね。ビックリだわぁ。なんで、こんな凄い剣が無造作に置いてある鍛冶場が、閑古鳥《かんこどり》なんだかねぇ。折れた剣とも近い形だし、それじゃあこの剣をもらうわ」

「ありがとうございます！」

勇者さんが手にとった剣も、並んでいる剣も、ちゃんと鞘に納まってこしらえも施《ほどこ》してある。リムダさんが、鞘師《さやし》の心得があるというセバスチャンさんから教えてもらい作ったものだ。

ちなみに、オイラはまだ取得していないけれど、スキルにも『鞘創造』というものがあるらしく、スキルポイントが大量に余っていたリムダさんが取得していた。

『製錬』とかと同じく、白木に向かって集中するだけでいいので、とても便利だ。

まあ、売り物用にリムダさんが作ったのはあくまでも渋い木の鞘だから、派手好きそうな勇者さんは、他の鞘師に頼んで勇者っぽい見た目に変えるのかもしれないけど。

「お代は……」

「そこは、勇者割にして欲しいわぁ」

悪びれもせず言い切る勇者さんに、オイラは少し考える。

本来なら、【希少級】は最低でも一両銀500枚。でも……ここにある剣の材料はオイラが集めたものだから、材料費はほとんどロハ。さらには、これから『妖精の森』を目指すオイラは、勇者さんが苦労して成し遂げた偉業の邪魔をするわけで、ちょっと申し訳なさもある。

「では、一両銀200枚で」

にっこりと笑ったオイラに、勇者さんはパチクリと目を瞬《しばた》いた。

「それは破格ねぇ」

「勇者さんですし、初回ですから。もし気に入りましたら、今後もうちの鍛冶場をごひいきにしていただければ」

「勇者がここの鍛冶場の剣を持ってる、っていうのは、凄い宣伝よねぇ。商売上手ねぇ」

ご満悦の表情で、勇者さんは小屋を出て行った。

紫に包まれたお腹が、嬉しそうにたゆんたゆんと揺れていた。

07 スゥとエマと『獣の森』①

「えーーっ⁉ 勇者さまに、剣を都合しちゃったんですかぁっ⁉」

勇者さんがうちに来て二日後。

ギルドの受付がお休みだというお姉《ス》さ《ゥ》んとオイラは、王都の外れで待ち合わせていた。

いや、まあ、うちも王都の外れなんだけど。うちの近くじゃなくて、『獣の森』側の外れだ。

「え？ お客さんだし？ まずかった？」

「剣が手に入ったってことは、勇者さまも『妖精の森』に再挑戦されるかもしれないじゃないですかぁっ。そしたら、私たちと鉢合わせしちゃいますよっ⁉」

「んー、あの調子だと、剣のこしらえを調《とと》えるのに、三日くらいかかりそうな気がするけど。うちの武器は、木の鞘に柄だからね。……ところで、なんでエマがいるの？」

お姉さんの隣には、気まずそうな顔をして頬をポリポリ掻いている、無精《ぶしょう》ひげの猪の獣人がいた。

いつかギルドで会ったときと同じような着物に革鎧、足元は脚絆《きゃはん》に革のブーツをはいている。

「戦闘経験のないスゥと、鍛冶見習いの坊やとで、『獣の森』踏破を目指す、っつーじゃねぇか。確かに坊やのレベルは大したもんだが、ギルドマスターが言ったように、レベルと戦闘能力はイコールじゃねぇからな。余計なお世話かとは思ったが……ちぃっと、ほっとけなくてな」

「……お姉さん？」

ジト目で見つめるオイラにお姉さんが慌てて言い訳を始める。

「えっと……その。ノアさんだけじゃ、不安、てわけじゃなかったんですよ？　でも、勇者さまを差し置いて『妖精の森』まで他の冒険者の方を案内出来るようにした、って言うと、結構目立つじゃないですか。ノアさん、そーいうの嫌がりそうだなーと思って、エマートンさんに相談したら……その」

上目遣いはやめて欲しい。オイラのほうが背ぇ低いし。

「まあ、いっか。確かに、無名のオイラより、Bランク冒険者のエマが勇者さんに続いて踏破した、ってほうが聞こえがいいのは確かだよね」

斜めに口をとがらせたオイラに、全力でお姉さんも同意している。

するとエマが、顎に手を当ててオイラを覗き込む。

「って、坊やは踏破するのが前提で話してるけどな。『獣の森』の魔獣はさほど強くないが、湧いて出る魔獣と戦いながら、次の領域への入り口を探す、ってのはかなりの難易度だぞ？　奥へ行くほど魔獣も強くなるし、まして、『妖精の森』は今まで言い伝えの域を出なかったんだ。入り口だって相当分かりづらいはずだ。……ところで、エマってのは俺のことか？」

「そうだよ？　エマートンって長いじゃん。ところで、ここから『獣の森』まで、徒歩で半日くらいだっけ？　お姉さんはオイラが抱えて走ろうと思ってるけど、エマは？　さすがに、おっちゃん抱えて走るのは遠慮したいなぁ」

「おっちゃんて……俺は、いつも乗ってるズーを連れて来ているから大丈夫だが。坊やが、スゥを抱えて走るって？」

　エマは近くの木陰から、手綱《たづな》のついた大きな鳥――ズーを引き出して来た。

　ズーは家畜と魔獣の中間に位置する生き物だ。鳥といっても飛ぶことは出来ず、代わりに脚力が発達していて、馬より小回りが利くため、冒険者の御用達《ごようたし》になっている。

　テイマーではなくても飼えて、その辺の雑草でも食べる。飼われているものは家畜扱い、野生のものは魔獣扱いだ。見た目はヒクイドリに近いけれど、ダチョウよりも大きい。ただし王都の中に入れるのは禁止されているから、王都のすぐ外にある農場に預けている冒険者が多いそうだ。

　たぶん、例の魔獣感知の魔道具に引っかかっちゃうから、禁止されているんだと思う。

「へぇ、立派なズーだね。名前は？」

「魔獣に名前を付ける、ってのは、負担が大きいからな。まだ付けてやれてないんだ」

「負担て？」

　首を傾げたオイラに、エマが眉尻を下げる。

「知らないのか？　坊やはテイマーだったよな？　そんなんじゃ、うっかりテイムした魔獣に名前付けちまいそうだな。いいか、魔獣に名前を付けるってのは、自分の力を魔獣に渡す、ってことだ。

具体的に言うなら、自分のレベルがひとつ下がる。俺だったら、レベル45だったのが44に下がっちまうわけだ。スキルポイントも1消えるから、スキルポイントに余剰のあるときじゃなきゃ名付けられねぇし。それに、人間のレベルの上限は９９９と言われてるが、魔獣に名前を付けて下がった分は、上がらないと言われてるんだ。つまり、二匹に名前を付けちまったら、９９７までしか上がらないってことだな」

「へぇ」

オイラが黒モフの名前を呼んだときに、婆ちゃんたちがびっくりしていた理由が分かった。魔獣に名前を付けることに、何か特別な意味があるなんて考えたこともなかった。

「驚きが少ないな。って、まぁ、レベル５００の坊やにゃレベル1分の価値は低いか」

肩をすくめるエマに、オイラはにっこり微笑んだ。

「オイラなんてまだまだだよ。いっつもコテンパンにされてるからね。それで、ズーは基本的に一人乗りなんでしょ？　やっぱりお姉さんはオイラが抱っこするから、先に行っていいよ？」

元々そのつもりだったし、ズーは馬より運べる重さが少ないと聞いたことがある。

父ちゃんには、ギルドのお姉さんと出かけるとは言ってあるけれど、行き先が『獣の森』だということは内緒た。まだオイラは本当は、素材採集&鉱石拾い禁止期間中だし……

でも、ミスリルがあるかもと聞いたからには、行かないという選択肢はないでしょ。

夕飯の準備までには帰らなくちゃだし、端折《はしょ》れる時間は端折らせてもらいたい。

「おいおい、徒歩でズーに追いつくつもりかよ？　坊やは乗ったことがないかもしれんが、ズーってのは馬より速いんだぜ？　まあ、美人の前で粋がりたいってのも分かるからな。やってみればいいさ。向こうでしばらく待っても来なかったら、迎えに来てやるよ！」

そう言うと、エマはひらりとズーに飛び乗り、走り去って行った。

「ええっ⁉　エマートンさんっ⁉」

置いて行かれたお姉さんが悲痛な声で叫ぶ。

うん。なんか分かった。お姉さんは、勇者さんなんかよりエマが気になるわけね。で、エマは朴《ぼく》念仁《ねんじん》だと。

やっぱりオイラは当て馬かぁ。出来れば、お姉さんはエマと二人乗りしたかったんだろうなぁ。

だけど、二人乗りだとズーのスピードはぐんと落ちるし、ここは我慢してもらおう。

「えっ、ええっ⁉　ノアさんっ⁉」

ひょいっ、とお姫さま抱っこをすると、お姉さんが慌ててしがみついてくる。

「抱っこって、本気だったんですかぁっ⁉　絶対、ノアさんより私のほうが重いですよぉっ」

「うん、大丈夫だから。それじゃ行くよ？」

「えっ？　っっひぃぃぇぇえええぇぇぇぇぇぇっっっっ⁉」

お姉さんの叫び声が、はるか遠く、後ろへとたなびいた。

「っ！　本気でっ、人ひとり抱えてっ、ズーに勝ちやがった！」

『獣の森』の入り口に着いて、お姉さんとお茶をしていると、しばらくしてエマが到着した。追い抜いたときに何か叫んでいたような気がするけれど、いちいち減速するのも面倒だったので、そのまま『獣の森』まで突っ走って来た。

お姉さんはギルドの受付嬢ということもあって肝が据わっているのか、悲鳴を上げながらも目を回すことなくここまで来られた。

『獣の森』は、王都からも近くメジャーな『魔物の領域』なので、入り口付近には宿屋もあればお茶屋もあって、小さな宿場町のようになっている。

昼過ぎなのに冒険者もチラホラ見かけるし、ギルドの出張所さえあるほどだ。今、冒険者のほとんどは森の中に出かけていて人出は少ないけれど、黄昏時《たそがれどき》になると結構な賑《にぎ》わいを見せるそうだ。

エマが来たとき、オイラとお姉さんは茶屋の縁台で団子をぱくついていた。焼いてあるしょうゆ団子がとても香ばしい。ここの団子は、お礼代わりにとお姉さんが奢《おご》ってくれた。ちゃんと黒モフの分まであって、財布に銅銭数枚しか入っていないオイラには、とてもありがたい。

素直にそう言って喜ぶと、なぜかホロリと涙を零しそうな優しい顔をして、さらに金平糖まで買ってくれた。金平糖は、常に財布が軽いオイラには中々手の出ないお菓子だ。

ここでいっぺんに食べちゃうのはもったいないので、後で黒モフとおやつに味わうことにした。

「なんなんだっ、あのスピードはっ！」

さすがに宿場の入り口からはズーを降りて引いてきたらしいエマは、肩を怒らせてオイラに詰め寄る。

金槌を振っていただけで筋肉痛になって腕が怠《だる》くて怠くてしょうがなかったオイラが、なんでお姉さんをお姫様抱っこして、あんなスピードでここまで来られたか。

そりゃもちろん、『腕力』に大量にスキルポイントを振ったからね。エスティとの鍛錬で、スキルポイントもたくさん手に入ったし。『腕力』ってスキル名だけど全身の筋力がアップするみたいで、今まで出来なかったことが色々と出来るようになった。だからお姉さんを抱えても余力がある。

「オイラ、逃げ足にだけは自信あるんだよね」

「にっ、逃げ足って！　あのスピードでひいたら、並みの魔獣相手なら討伐完了だぞっ!?」

「ひかないよぉ」

「さすがに魔物の領域で、あのスピードは出せんと思うが……整備された街道だからって、何台か馬車も馬も通ってただろっ？」

「よけたよ？」

「よけた、って、あのスピードで……」

相当ズーを急がせたのか、本人も息を切らしているエマに、お姉さんがお茶をすすめる。

あられを浮かべたお茶は、ぬるめでこれまた香ばしい。

一気に飲み干したエマに、オイラは尋ねる。

「『獣の森』に、ズーは連れてくの？」

「悩んだんだが……こいつはここに置いていく」

「へぇ？」

「『獣の森』の奥地を『妖精の森』の入り口を探して探索する、となれば、相当数の魔獣と戦うことになるだろう。素材も肉も大量になるだろうから、乗らないまでも、こいつが一緒に来てくれれば荷運びには助かるが……」

「なら、連れて行けば？」

「荷物を積んだこいつを、『獣の森』の最深部の魔獣から守り切る自信がなくてな。こいつは、ズーの中でも脚力が強い。入り口らへんの魔獣なら苦も無く蹴り殺せるだろうが、ひょっとしたら、見殺しにしなきゃならん場面があるかもしれん。卵から育てたこいつを、そんな場所へは連れて行きたくなくてなぁ。甘いと言われそうだが」

ゴツイ見た目に似合わず照れたように話すエマを、お姉さんが好意的に見つめている。

はいはい。そんなとこが好きなわけね。

「いいんじゃない？　自分の欲より、その子の安全をとったわけでしょ？　いいパパになるよ」

「相手の予定はないがな」

こちらにひらひらと手を振ってから、エマは茶店の主人にズーを預かってもらえるよう交渉しに行った。

どうやら一日一朱銀一枚で話がついたようだ。エマは念のため二朱渡している。

ズーは魔獣に近いし、飼い主以外にあまりなつかないため、預かるには危険が付きまとうけれど、期限内に飼い主が戻って来なければ、預かったズーを店が売っ払うことが出来る。

「それより、ズーがいなくて大丈夫？　オイラについて来られる？」

「こちとら俊足《しゅんそく》でならした猪だぜ？　踏みならされた街道ならともかく、慣れた『獣の森』で、魔獣と戦いながらの強行軍だ。犬っころなんぞに負けるかよぉ」

かっかっかと笑うエマを横目に、オイラはにんまりと黒い笑みを浮かべた。

08　スゥとエマと『獣の森』②

「なっ、なんなんだっ、なんなんだよぉおおっっ」

『獣の森』にて。

入ってすぐに現れるのは、レベル10くらいの獣系の魔獣だ。具体的には、レッドボアやグリーンウルフ、白面狒狒《はくめんひひ》など。

それが奥へ行くに従ってレベルが上がり、最深部だとエマのレベルギリギリ、レベル45くらいの魔獣が現れるようになる。

つまり、入り口付近の魔獣を倒しても、エマにとってもオイラにとっても経験値の足しにもならない。肉や素材は手に入るけれど、これから奥に行こうっていうのに、入り口からそんな荷物を抱える必要はないし。

ってことは。

よけるよね？

「ほら、頑張って！　俊足でならした猪なんでしょ？　グリーンウルフもレッドボアもそんなにスタミナないから、頑張れば振り切れるよ！」

「レッドボアだって猪だろーがぁあああ！」

全力疾走するエマと並走しつつ笑顔で言うオイラに、エマが叫び返す。

そのオイラたちの後ろを、物凄い形相のレッドボア数頭とグリーンウルフの群れが追いかけてきている。正確には、オイラたちを追いかけているレッドボアを、グリーンウルフたちが追いかけている、というか。

エマの全力疾走は、レッドボアより少し速いくらいだ。レッドボアの体力が尽きるのが先かエマの体力が尽きるのが先か、というところだけど、Bランク冒険者なんだもの、そのくらい余裕で振り切って欲しい。

「いくら相手が格下だからって、いちいち戦ってたら、目的地に着く前に体力なくなっちゃうでしょ？　相手にしないのが一番じゃん？」

「ただ走ってるだけで、体力だだ下がりだよ！」

「ほら、レッドボアが口から泡飛ばしてるから。もうちょっと、もうちょっと」

「のっ、ののノアさんっ⁉」

「あ、しゃべると舌かむよー」

ちなみにお姉さんはオイラの背中におぶさっている。

素材をひとつも入れていないリュックはまだ軽いし、オイラがリュックに入れたいものは『獣の森』の先だ。お姫様抱っこのままだと何かあったときに両手が使えないし、さすがに腕がだるくなってきたから、おんぶに変えてもらった。

いつものギルドの制服姿だったらスカートだしためらわれるところだけれど、今日は冒険を意識してかお姉さんはパンツスタイルだったので助かった。

「今、すぐ後ろにいるレッドボアが脱落したところで！　もう他の魔獣が釣れてるだろうが！　結局、足ぃ止められねぇだろぉぉぉおっ⁉」

「あれ、よく分かるね。向こう風下なのに」

「今まで腐るほど同じパターンを繰り返したからなぁああっ！」

泡を飛ばしていたレッドボアが、次第に足をもつれさせて転んだり減速し始めたりする。

それを待ちかねていた後方のグリーンウルフが、狂喜しつつレッドボアの喉元や脚に食らいつき、もがくレッドボアに蹴り飛ばされたりしている。

けれどそれはすぐにはるか後方の出来事となり、今ではそれを追い抜いた新たなレッドボアやグリーンウルフ、ときどき狒狒が追って来ている。もっとも狒狒はあんまりスタミナがないから、早々に脱落してくれるんだけど。

「まあ、エマがやかましいし、縄張り突っ切りまくってるからねぇ。このままで行けば、あとちょっとで中間目的地だよ？　あ、もうちょい右」

「そいつぁすげぇなっ、間違いなく最短記録だぜっ。ってか、この方向……中間目的地ってのは、まさか……！」

エマには、『獣の森』の最奥一歩手前に魔獣を気にせず安全に一休み出来るポイントがある、とだけ言って、詳しくは説明していない。だけど『獣の森』に何回も来ているらしいエマは、そろそろ気付いたかもしれない。オイラが言う、中間目的地というのがどこなのか。


オイラたちが足を止めたのは、森の中でも割と開けた場所だった。

木漏《こも》れ日が差し込み、丈の低い草が生え、柔らかなコケと低い灌木《かんぼく》が生えている。小鳥がさえずり、リスや子ネズミが木の実を集め、アリが朽木から生えたキノコに列を作っている。少し離れた場所では、巨石の脇で、数匹のウサギたちが草を食《は》んでいる。

まるで『魔物の領域』などではなく、穏やかな森の中にいるようだ。一休みするにはまさに最適の、むしろピクニックに来ても良いくらいの場所だ。

「こっ、ここここは、森の隠者《いんじゃ》の……！」

気付いたらしいエマの顔が青ざめている。赤茶のソフトモヒカンまでもが、くったりと倒れて。

ふと気が付けば、追いかけてきていたはずの魔獣の気配はなくなっていた。

魔獣にとっても不可侵の土地。それが『森の隠者』の縄張りだ。

「な、なななにが安全に一休みだっ！　にににに逃げるぞっ、一刻も早くっ」

状況を理解していないお姉さんが、オイラに背負われたままきょとんと首を傾げる。

次の瞬間――

ウサギの側にあったコケや灌木の生えた大きな岩が、ぐらりと動いた。

「ひっ、ひぃぃぃっっ⁉」

「隠者に、気付かれちまった……！」

お姉さんの悲鳴に続き、エマが引きつった声を上げる。気付かれるも何も、縄張りに入った時点で、隠者は全て分かっていたと思う。

っていうかあんだけ大騒ぎしながら走ってて、気付かれてないと思ってるってのがおかしいよね。

「こーんにちはーっ！」

グラグラと揺れる巨石に向かってブンブンと手を振るオイラを、じりじりと後ずさっていたエマが信じられないものを見る目で見つめた。お姉さんもオイラの背でカチーンと固まっている。

エマやお姉さん的にはさり気なくフェードアウトしたかったんだろうし、強敵の前であえて目立つオイラに「何をやってるんだ」と思うのも、まぁ分かる。

でも、オイラはここに用があるから寄ったわけで。

過去のセバスチャンさんのように、この世には、はぐれ竜、と呼ばれるものがいる。

難易度の低い『魔物の領域』に現れたものは討伐対象になるけれど、その例外がここにいた。

比較的温和な土竜《どりゅう》だということ。王都がこの地に出来るより遥か昔から、この『獣の森』に住み、縄張りの外に全く出て来ないこと。縄張りの中に入らなければ、無害であること。

以上の理由から、デントコーン王国から存在を黙認されているのだ。

冒険者からは『森の隠者』と呼ばれ、触らぬ神に祟《たた》りなし、とばかりに腫《は》れ物《もの》扱いされている、『獣の森』の主だ。

縄張りの中に入らなければ、無害。ならば、中に入ったら？

ミシミシッという音に重なって、低い声が響いた。

『何をしに来た、小さきものよ』

堆積《たいせき》した砂や岩の破片をバラバラと振りまきながら、巨石が開くように生き物の姿を形作っていく。首が伸び、手足が伸び、しっぽが伸びた。土竜が全身に持つウロコは岩石のようで、竜種の中でも鉄壁の防御を誇る。

長い年月を生きた老土竜が、そこにはいた。

「ちょっと、一休みさせてもらおうと思って。ひょっとして寝てた？　起こしちゃったならゴメンね」

『ふむ……？』

隠者はふんふんと匂いをかいだ。エスティによると、土竜はあまり目が良くないらしい。

『おぬしらからは、血の臭《にお》いがせん。このわしの森で、ひとつの殺生《せっしょう》もしておらぬらしい』

重々しく言う隠者の肩を、おびえるそぶりもなく子リスが登ったり下りたりして遊んでいる。隠者の背中に、ドングリの貯蔵庫でもこしらえているのだろうか。

『ならば、わしも、血で応えるのは相応しくなかろうな』

隠者の言葉に、お姉さんがふーーっと息を吐いて体の力を抜いたのが分かった。その一方で、エマはまだ全身をこわばらせている。

オイラは、エマの側にお姉さんを降ろすと、にっこりと笑いかけた。

「大丈夫だから、ちょっと待っててね？」

「えっ？」

オイラがお姉さんから離れたのを確認して、隠者が楽しそうに言った。

『竜種の流儀にて、相手いたそう』

ぐおっ、と。

鈍重そうな見た目からは想像もつかない速さで、横薙ぎにしっぽが飛んできた。

それを垂直跳びでかわしながら、チラッと見ると、隠者の首筋では相変わらずリスたちがちょろちょろと遊んでいた。しっぽでオイラに攻撃しつつ、リスたちへの衝撃は最小限に抑えている。隠者の格が見える気がする。

「なら、オイラも、竜種の流儀で」

空中で身をひねりながら、オイラは、リュックから剣を引き抜く。

オイラが鍛えた【特異級】だ。オイラの背丈に合わせて、短剣と片手剣の中間くらいの大きさに打ってある。

今回持って来た剣は四本。

攻撃補整に偏った【特異級】が二本と、速さ補整に偏った【特異級】が二本。

今、抜いたのは、速さ補整重視の剣だ。

本当は、剣で攻撃をかっこよく受け流す、とかやりたいんだけど、オイラの剣で竜相手にそれをやると、間違いなく砕け散る。

着地点は、隠者の背中ど真ん中。うねる岩石のような背筋を駆け抜けながら、狙う一点を見極める。

ガキィィィイ！

しっぽの一点に剣が食い込むも、頑強なウロコに阻まれる。そのまま、剣はしっぽに食い込んで抜けなくなってしまった。

土竜のウロコは火竜のそれのように硬質一点ばりではないようで、柔らかさを兼ね備えたぶ厚いウロコが、意思あるように武器を噛んで放さない。

オイラは、迷わず武器を手放し、バックステップで飛び離れる。

次の瞬間、さっきまでオイラが足場にしていたしっぽが、近くの岩へと叩きつけられた。

ウロコに刺さったままだったオイラの剣が木っ端みじんに砕かれて、キラキラと空へ散っていく。

――自分の防御力が高いから、叩きつけたらしっぽが痛い、とか気にもしないわけね。

「ノアさぁぁぁんっ！」

「逃げろっ、坊やっ！　敵う相手じゃないっ」

お姉さんとエマの叫び声が聞こえる。

エマがお姉さんを引っ張って、大木の陰へと連れて行ったようだ。吹き狂う土煙や破片から、お姉さんをかばってくれている。

……仲が良くて結構。これで、少しは進展したりするのかな？

気を取られて一瞬動きの止まったオイラめがけて、隠者の巨大なしっぽが振り下ろされる。

そのときオイラの手にあったのは、攻撃補整重視の剣。

「いやぁぁぁああっっ！　ノアさぁぁぁああんっっっ」

お姉さんの悲鳴が、『獣の森』に響き渡った。

09　森の隠者

「あれ？　エマ、食べないの？」

焚《た》き火に滴《したた》り落ちる肉汁が、香ばしい匂いを辺りに振りまく。

肉の塊が手に入ったら、焚き火で炙《あぶ》って思いっきりかぶりつく、ってのが最高だよね。かぶりつけるサイズの肉、至高。犬の獣人にとっての究極の浪漫《ロマン》。

じゅるり。

おっと、よだれが垂れてきた。そろそろ焼けたかな？　この際半生でも食べちゃおうか。

「何がどうなって、こうなってるんだよぉぉおお⁉」

「ほっほっほっほ」

穏やかな笑い声がエマの叫びにかぶさる。

焚き火の周りには、オイラと、魂が抜けたようなお姉さんと、小柄な白い顎ひげのじーちゃんが座っている。エマは仁王立ちのまま頭を掻きむしっていた。

小柄なじーちゃんが、楽しそうに笑っている。

「いや、見事にしてやられたのー。しっぽを食われるなんぞ、何百年ぶりだか」

お姉さんの悲鳴が、『獣の森』に響き渡ったあのとき——

「いやぁったぁぁぁ！」

ドッシィイン……！

もうもうたる土煙をあげて、地面に落ちたのは、『隠者』のしっぽだった。

振り下ろされたしっぽを、オイラはその勢いを使って切り落としていた。

「まさか力が足りぬからと、自分をおとりに、わしの力を利用して尾を落とすとはのー。一歩間違えればノシイカじゃったというに」

もきゅもきゅとしっぽの肉を頬張るオイラを、隠者のじーちゃんは優しい目で見つめる。

土竜のしっぽも絶品だね！　少し癖はあるけど、濃厚な分火竜より美味しいかも。火竜は牛肉っぽいのに対して、こっちは熊肉に近いかもしれない。ちなみに竜のしっぽは、普通のお肉より腐りにくくて重宝する。

「なんでさっきまで戦ってた同士が、突然仲良く焚き火囲んでんだよぉおっ!?　しかも、隠者のしっぽの肉!?　このじーさんが、ホントに隠者なのかっ!?　だったら、なんでじーさんも、自分のしっぽの肉食ってる奴と当たり前みたいに談笑してるんだよぉおおっっ!?」

焚き火の輪に加わろうともせず、エマが再び絶叫する。

「血圧上がるよ？」

一応心配してそう言ったのに、エマの額と首筋に浮かび上がった血管の筋が増える。今にもプッツリいきそうだ。血の気も多そうだし、少しくらい血が抜けたほうが穏やかになっていいかもしれないけど……隠者のじーちゃんの縄張りでやるのは勘弁して欲しい。

「まあまあ、お若いの。こっちへ来て肉でも食わんか」

じーちゃんがおいでおいでと手招きする。

「肉ってそれ、じーさんのしっぽだろぉぉがぁ」

叫び疲れたのか、エマががっくりと肩を落とす。そのままその場にゴロンと仰向けに寝転ぶと、手足を伸ばして大の字になった。

「だーーっ、もお限界だっ！『獣の森』の入り口からここまで全力疾走、辿り着いた先は『森の隠者』の縄張り、おまけに坊やは隠者と戦い始める！土竜だと思ってた隠者は人間のじーさんになるし！しかも隠者の目の前で、本人のしっぽを焼いて食うだぁ!?俺はもーーー疲れた！一歩だって動けねぇ！体力だって精神力だって底をついたっ」

「おいしいのに」

「そーいう問題じゃねえっ」

大の字に寝転がったエマに向かって、オイラは、ぽいぽいっ、とオレンジ色の果実を三つ投げた。それは、ぐでっとしていたエマの額でコココンッと跳ねて草むらに落ちる。

「んっ、なんだこりゃ……って、回復の柿《かき》かっ!?坊主、こんなのどこで手に入れやがったっ!?」

がばっと起き上がったエマが、勢いよく柿のひとつをかじる。

じゅわっ、とした果肉を咀嚼《そしゃく》するたびに、少しずつ体力が回復していくはずだ。

「エマを追いかけてたレッドボアが、何匹か持ってたからね。ちょっともらっといたんだ」

「もらっといたって、あの全力疾走してる中でかっ⁉　倒した魔獣から回復の柿が転がり出ることはたまにあるが、生きてる魔獣から意図して柿だけを抜き取れるもんなのかっ⁉」

もっしゃもっしゃと柿を咀嚼しながら、唾《つば》を飛ばしてエマがオイラに迫る。

……汚いなぁ。

「慣れればねー」

「慣れって！」

さりげに唾をガードしつつ、エマに分かりやすい例えはないかと頭をひねる。

「ラッコに、ポケットがある、って知ってる？」

「ハァ？」

「お気に入りの、貝を割る用の石とかを、皮のたるみにしまってるんだって。お気に入りの石をなくすと、気落ちして飢《う》え死にしたりするらしいよ？」

「だから、それが回復の柿と、何の関係がっ」

「魔獣もねー。皮のたるみがポケットみたいになってる個体がいるんだよねー。そういう魔獣は、何割かの確率で柿も持ってるから。前足の付け根辺りが多いかな？　探ると結構見つかるよ？」

「探る、って、走ってる魔獣の前足の付け根をかっ⁉」

エマが目をむいたとき、隠者のじーちゃんが楽しそうに笑った。

「ほっほっほっほ。そうさのー。魔獣の物入れ……人はポケット？　というのかの？　あれは、死ぬと皮が突っ張って消滅してしまうからのー。人間で知っている者はおらぬと思っておったわい。さすがはわしのしっぽを落とした人間じゃ。ところでわっぱ、名はなんという？」

そういえば、名乗ってなかった。

「ん？　オイラ？　オイラはノア」

「ほお。良い名じゃ」

「あ、そうだ！　これ、お土産」

オイラは、リュックの中から、酒の小樽を出してじーちゃんに渡した。すっかり忘れてたけど、そもそものためにここに寄ったんだった。

「なんと。酒なんぞ何十年ぶりかのー。しかもこれは……？」

隠者のじーちゃんは、くんかくんかと樽の匂いをかいだ。

『竜《りゅう》の雫《しずく》』かの？」

「へえ！　よく分かるね！」

酒と聞いて興味が湧いたのか、エマが小樽を覗き込み指でコンコンとはじく。スイカじゃないんだけど。

「なんだ、その竜の雫ってのは？」

「竜御用達《ごようたし》の、貴重なお酒なんだって。『獣の森』に行くって言ったら、エスティから『獣の森』のご老体によろしく、って言付かったんだ」

「ほお！　あの小竜が、味なことをするようになったものじゃのー。わっぱは、小竜と知り合いなのかの？」

「エスティとは友達だよ。ってか小竜って。エスティはもう立派な大人だよ？」

「ほっほっほっほ。わっぱが、竜の流儀を知っておった理由がこれで分かったわい」

オイラと隠者のじーちゃんとのやり取りを固まって聞いていたエマが、再び口の中の柿を咀嚼すると、ゴクリと飲み込んだ。

「どこからどう突っ込んでいいのか分からんが。とりあえず、竜の流儀ってのは何だ？」

「ん？　まあ、まず竜は、あいさつ代わりに攻撃するよね」

「ぶっ！　なんだその、はた迷惑な習慣は」

「で、竜に認めてもらったら友達になれるんだけど。一番手っ取り早い認めさせ方、ってのは、しっぽを落とすことなんだよ」

「ハァ？」

眉毛を八の字にしたエマに、隠者のじーちゃんが説明してくれる。

「そうさのー。取ったしっぽは取った相手のもの。煮ようと焼こうと食おうと相手の勝手じゃ。しっぽを取られた竜は、しっぽが生えるまでしっぽを取った相手の言うことを聞かねばならん、という風習もあってのー。まあ、人間でいう決闘のようなものじゃわい」

「相手の言うことを……？　って、まじか。じーさんっ？」

「そうさのー」

じーちゃんの気のない相槌を聞くと、エマは目の色を変えて、がばっとオイラの肩を掴んだ。

「だったら、『妖精の森』の入り口まで送ってもらおうぜ！　『森の隠者』が一緒なら、どんな魔獣だって寄って来やしねぇ！　それこそ安全に、『妖精の森』の入り口を探せる、ってもんだ！　いや、むしろ、『妖精の森』の入り口だって、じーさんなら知ってるんじゃねぇのかっ⁉」

興奮してじーちゃんにまで唾を飛ばし始めたエマの手首を、オイラはぐいっと掴んで、そのまま後ろにひねり上げる。エスティにしごかれたおかげで、関節技というのも出来るようになってきた。体格差のある人間を制圧するのに、とても便利だ。

「ちょっ⁉　何しやがるっ」

「怒るよ？　『森の隠者』が、なんでこんな低レベルの『魔物の領域』にいて、討伐対象になってないと思ってるの？　穏やかな性格だってこと。縄張りの中に入らなければ、無害なこと。縄張りの外には出て来ないこと！　そうやって、じーちゃんは何百年もの間、自分とこの森を守ってきたんだよ？　奪ったしっぽを振りかざして、無理やりじーちゃんを連れ出したら最後、じーちゃんは討伐対象になる」

「……！」

そこまで考えてなかっただろうエマが、一気に青ざめる。

「そうか。すまなかったな、じーさん……」

しゅん、としたエマの手を放し、オイラはにんまりと笑った。

「それにね。人型になれるのは、竜の中でも高位の証拠。まして土竜なら……しっぽくらい、治癒魔法一発で生やせるでしょ？」

「そうじゃのー」

腕や脚の欠損ならともかく、放っておいても勝手に再生するしっぽは治癒魔法で治すのも簡単だ。

「ってことは……」

「じーちゃんを無理やりどうこうすることは出来ない、ってことだね。じーちゃんがこうやってオイラたちとしゃべってくれてるのは、あくまでじーちゃんの厚意ってこと。そういやじーちゃん、食べた残りのしっぽももらってっていい？　土竜のウロコって、すんごい防御力が上がる鍛冶素材なんだよねっ」

「そうじゃのー。しっぽは、落とした当人のもの。好きにするが良かろうよ。ところで坊《ぼう》、坊は鍛冶士なのかの？」

あれ、じーちゃんのオイラの呼び方が、『わっぱ』から『坊』に変わっている。

「うん、オイラは鍛冶見習いなんだ。この先の『妖精の森』に、ミスリルがある、って聞いて」

10　『妖精の森』への入り口

「ほっほっほっ。なるほどのー。まあ、坊なら、妖精たちにも気に入られるかもしれんのー」

じーちゃんはどこからか取り出したお茶をすすりつつ、白い顎ひげを撫でた。

「妖精たちはいたずら好きじゃ、気を付けてのー。坊なら、いつでもここで休んでいってええからのー……じゃが他の人間が縄張りに入るのは歓迎せんからの。そこのお若いのも、そのつもりでの」

「わーってるよ。坊やがいねぇのに、『森の隠者』の縄張りになんて近づかねぇよ。ってか、『森の隠者』の縄張りで一休みしたなんて、他の冒険者連中に話したって誰も信じちゃくれねぇだろうし。さて、体力も回復したし、そろそろ……って、そういやスゥは？　スゥ？」

焚き火の縁に座ったまま、魂が抜けたような表情をしているお姉さんは、何度エマが呼び掛けても、ぽえーっとしたまま反応しない。

何度か軽く頬を叩かれて、ようやく焦点の合っていない瞳《ひとみ》で、エマのほうを向いた。

「あー、エマートンさんー。夢ですよー。夢を見てるんですよー。おっきな竜とー、ノアさんが戦ってー。ノアさんがつぶされたと思ったらー。竜がおじーさんになってー。竜のしっぽがおいしくてー。こんなの夢に決まってるじゃないですかー。起きたら普通にいつもの下宿でー。今日も笑顔でギルドに行かなきゃー。それなのにー。目が覚めなくてー」

「ダメだ、刺激が強すぎた。ってかスゥ、ちゃっかりじーさんのしっぽ食ってたのかよ」

「おいしいよ？」

オイラが差し出した肉の串《くし》を、エマは嫌そうに受け取った。

しばらくスゥは使い物になりそうにないしと、覚悟を決めた顔をしてエマががぷっと肉の塊に食いついた。

「……なんだこりゃ！　すっげぇぇぇうめぇぇえええっ」

もっちゅもっちゅと夢中でかぶりついては咀嚼するその顔を、じーちゃんが微笑ましそうに見つめている。

「ほっほっほっ。わしにはもう必要ないものじゃでな。たんと食っていけばええ。そうだ、坊。ここからまだ奥へ行くのならば、わしのしっぽを背負って行ったのでは重かろうからの。ここへ置いて、また帰りに寄って持っていけばええ」

「えっ、ホント？　そうさせてもらえるなら助かる！　お姉さんも背負って行かなきゃだし」

言いながらお姉さんのほうを見ると、お姉さんはハッと気付いたように膝を打った。

「っていうか、なんで私、ここにいるんでしょう⁉　予定通り入り口を見つけたとして、エマートンさんが同行していたとなれば十分信用されるでしょうし、私が来る必要なかったんじゃ……！」

「あー、そういえばそうだねぇ」

お姉さんの目的は、『しつこい勇者をフるために、勇者しか知らない『妖精の森』の入り口を発見し、他の冒険者も行けるようにすること』だ。何もギルドの受付嬢が、こんなところまで来なくても良かった気もする。

でもそうすると、ごついエマと二人で『獣の森』に来ていたわけで……あまり嬉しくない。

「じゃあ、この先はエマと二人で行くから。お姉さんは、ここで待ってる？」

「へっ⁉」

お姉さんは、ぎぎぎぎぃっと、オイラとじーちゃんの顔を見比べる。そのお姉さんに、じーちゃんがニコッと微笑む。

「坊の大事なお姉さんじゃ。とって食ったりはせんからの？」

「いえっ！　わわわわ私が言い出したことですからっ！　お役には立たないと思いますがっ、最後までご一緒させてくださいぃぃぃ」

半泣きですがりつくお姉さんに、オイラはにっこりと微笑みかける。

「もちろん！　一緒に行こうねっ。エマと二人だけなんて、ムサイことこの上ないし」

「お前なぁ……」

エマが何か言っているけれど、オイラは無視してとっととお姉さんを背負うと、隠者のじーちゃんに笑顔で手を振った。

「じゃあ、行ってきまーすっ」

「気を付けてのー」

手を振り返してくれるじーちゃんの姿が、走り出したオイラたちの後方へ、瞬《また》く間に消えて行った。


「んー、それっぽいとこはないなー」

比較的ゆっくり走りながら、キョロキョロしているオイラの背中で、お姉さんもあちこちを眺めて首を傾げているようだ。

「なんだかさっきまでと違って、魔獣も寄って来ませんね。時々それっぽい音はするんですけど」

そういえばお姉さんはウサギの獣人。きっとオイラより耳がいいに違いない。

そんなお姉さんの言葉に、エマが渋い顔を向ける。

「そもそも入り口ったって、ドアがあるわけじゃあるまい？　知らずに『妖精の森』に入っちまってるんじゃないのか？」

「でも、勇者さんが入り口だって確信出来た、何かはあると思うんだけどな」

「木の種類が変わるとかですかねー？」

「あっ！」

思わず足を止めたオイラに、エマが何歩か行き過ぎ、また戻ってくる。

「どうした、何かあったか!?」

「あれ、コシアブラの新芽だー。天ぷらにすると美味しいんだよ」

「って山菜かよっ!?」

エマはガックリと脱力しているけれど、人里では根付きにくいコシアブラは、山や森でたまたま見つけたときにしか食べられないご馳走《ちそう》だ。最近じゃ、木ごと倒して新芽を採るマナーの悪い山菜採りのせいで、近場の森ではすっかり見かけなくなってしまった。

「うちは貧乏だからね。食べられる野草には詳しいんだよ。タラの芽に、岩タバコもある！　セリにワラビにフキノトウ。……あれ？」

山菜の穴場だ！　とウキウキと次々に山菜を発見していたオイラは、ふと違和感に気付いた。

「なんだよ？」

「今って、夏だよね？」

「夏だな」

「いや、おかしいよ！　なんでこの時期にフキノトウ？　今、七月だよ？　ワラビはギリギリありにしても、みんな春の山菜なのに……森の中で涼しいからってレベルじゃない。この辺、季節が滅茶苦茶になってる」

「ハァ？」

エマが首を傾げたとき、お姉さんがオイラの背中越しに斜め右のほうを指さした。

「今、あっちのほうから、獣っぽい音がしました！　なんていうか……風邪《かぜ》をひいた犬？　みたいな」

「風邪ひいた犬？」

お姉さんの言うほうへと何歩か進むと、木々の隙間から、森には珍しい水色のような銀色のような色合いが、キラリと光った。

「あれなんだろ？　川？　にしては、位置が上すぎるし……？」

オイラが木々をかき分けた先に目をやって……エマがビキッと固まる。

「お、おおおおおい、坊やっ。やめろっ、近づくなっ、踏み出すなっ」

踏み出そうとした一歩を宙に浮かせたまま、オイラはエマの視線をたどる。

「……!?」

そこには、上品な面持《おもも》ちの美しい女性がいた。50メートルほど先の少し開けた場所に、場違いにたたずんでいる。

水色がかった、ゆるくウエーブを描く銀髪に、整った鼻梁《びりょう》、薄い唇。伏せられた長い銀色のまつ毛。少しとがった耳。豊かな胸。

吸い込まれそうなほどに美しい。

……その、上半身だけは。

彼女の下半身は人間のものではなく、よだれと鼻水を垂らした、六匹の獰猛《どうもう》な野犬になっていた。野犬のグシュグシュとした目が、ぎろりとこちらを睨む。

「スキュラだ……！」

「ひぃっ」

オイラの背中越しにその姿を見たらしいお姉さんも息を呑む。

「スキュラって？」

「『獣の森』の奥地で、何回か目撃例がある。自分からはほとんど動かないが、一定以上近付くと攻撃してきて、恐ろしい強さだそうだ。何とか逃げ帰って来た冒険者から聞いたが、いったん戦いになっても、元いた場所からある程度離れると、諦めて追いかけて来なくなるらしい。それで九死に一生を得た、とそいつは言っていた。俺は初めて見る……！」

エマの説明が、オイラの記憶に何か引っかかる。

ん？　どこかで、似たパターンの魔獣を見たような気が……？

「卵でも、守っているんでしょうか……？」

オイラの背中で、お姉さんが小さく呟いた。

「え？」

「だって、さっきのエマートンさんの話。なんだか、卵を温めている親鳥みたいだなって」

ピン、とオイラの中でつながった。

「それだ！」

「はい？」

「転移の魔法陣だよ！　スキュラは、『妖精の森』への、転移の魔法陣を守っているんだ！」

11 『妖精の森』の番人

「転移の魔法陣だと!?」

踏み出しかけていた一歩を戻し、かき分けていた枝葉をそっと戻してスキュラの野犬の視線を遮ると、とりあえずオイラは二人に説明を始める。

スキュラ自身はオイラたちのほうに見向きもしなかったし、エマの言ったことが正しいなら、近づかない限りは襲いかかってくることもないだろう。

「ダンジョンなんかでもあるでしょ？　エリアボスの後ろに、次のフロアに行くための魔法陣が。そんな感じで、『魔物の領域』の中にも、他の場所に飛ぶための魔法陣があることがあるんだよ。

その魔法陣には必ず守りの魔獣がいるから、あのスキュラもそうなんじゃないかな、と思って。でも、こんな森のど真ん中にあるのは初めて見るなぁ。大抵、すっごい分かりづらい隠し部屋とかにあるんだけど」

「他にもあるのかっ⁉　転移の魔法陣ってのは、あの古代魔法研究の権威、大賢者ルル様でも再現出来てねぇ伝説の代物だろ？　ダンジョンの魔法陣なら俺も何回か踏んだことがあるが、あれはそのエリアのどん詰まりにある、次の階に飛ぶだけの階段代わりのやつだ。スキュラの後ろには、今までと同じような森が続いてるだけじゃねぇか」

なんか、前にも同じようなやり取りをした気がするなぁ。

「んー、たぶん、『妖精の森』ってのは、『獣の森』の奥にあるんじゃなくて、全然違うとこにあるか、普通の手段じゃ人間には行けないようなとこにあるんじゃないかな。『魔物の領域』にある転移の魔法陣って、結構な距離をつないでることが多いから。前なんて『無限の荒野』にいたはずが、いきなり海中に出たし」

「海中⁉　そんな怪しい魔法陣に乗ってみたのかよ⁉」

「いや、魔獣との戦闘中にうっかり踏んじゃって」

「うっかり⁉」

「踏んだ⁉」

エマとお姉さんがビックリしているけど、そもそも一回使ってみなけりゃ、転移の魔法陣かどうかなんて分かんないと思うんだ。まあ、ルル婆とかなら見ただけで分かるのかもしれないけど。オイラには魔法陣の種類なんてサッパリだ。

「そしたら周りの景色がイキナリ変わって、目の前にシーサーペント。死ぬかと思ったよね」

「……良く生きてんな、坊や」

「さ、さすがノアさんですねー」

なぜか、お姉さんのセリフが棒読みになっている。

「ま、まぁ、それはともかく。ってことは、あのスキュラを倒せば、『妖精の森』に行ける可能性が高いってことか」

「何とか一回倒せれば、ですね……！」

目を輝かせるお姉さんに、オイラは言いにくい事実を告げる。

「あー、それなんだけど。ここはあくまで『魔物の領域』であって、ダンジョンじゃないでしょ。オイラも転移の魔法陣を守ってる魔獣を倒したことはないから、はっきりどーなる、って言えないんだけど。多分、ダンジョンの、エリアボスを一度倒したら次に行くときにはエンカウントしない、って法則は通用しないと思うんだ」

「えっ？」

「一人に倒されたら、次に違う人間が行ってもいないかもしれないし。次に同じ人間が行っても、別の個体が現れてるかもしれない」

オイラの言葉に、エマが訝し気な顔をする。

「倒したことないって、お前、『無限の荒野』にある転移の魔法陣を通ったことがあるんだろ？

行きはたまたま踏んだにしても、帰りはどうしたんだ？　シーサーペントがいたんだろ？」

「ああ、それは、よけて」

「「はぁ!?」」

なんかこれも既視感《デジャヴ》だなー。

「転移の魔法陣は、必ず強力な魔獣が守りについてるんだけど、さっきも言った通り、倒さなくても転移の魔法陣さえ踏めば転移は発動するから」

「つまり、なんだ？　魔獣の横をすり抜けて、その魔獣が後生大事に抱えてる魔法陣を、踏むと」

「うん」

「出来るか阿呆《あほ》ぉおおおっっっ!!」

エマの絶叫はさておき。

オイラはスキュラのいるほうを見て首を傾げる。

「でも、なんていうか……あのスキュラ、変じゃなかった？」

「変ていうのは？」

「うーん。元気ないっていうか」

「はあ？」

魔獣の具合など考えたこともないのか、エマが変人を見る目でオイラを見ている。

「ともかくだ。これで『妖精の森』への入り口は発見したんだ。あとは討伐隊を組むなりなんなりして、あのスキュラを倒す方法を考えりゃあいい」

「そっ、そうですね！　これで目的は達成ですね！」

なぜか必死で肯定するお姉さんに、オイラは釘《くぎ》を刺す。

「いいの？　あのスキュラが転移の魔法陣を守ってるかも、ってのも、その転移の魔法陣が『妖精の森』につながってるかもしれない、ってのも、オイラの想像でしかないんだけど？　勇者さんが『違う』って言ったら、それで終わりだよ？」

「うっ……！」

お姉さんの額に脂汗《あぶらあせ》が浮かぶ。

「勇者さまは、スキュラを倒して、『妖精の森』に行かれたんでしょうか……？」

「まあ普通、スキュラを見て、転移の魔法陣があるに違いない、なんて言うのは坊やくらいだろうからな。たぶん、スキュラを倒したら転移の魔法陣があって、試しに乗ってみた、ってとこなんじゃねぇのか？」

「勇者さんが、あのスキュラ倒せるかなぁ」

「少なくとも、すり抜ける、なんて真似は出来そうに見えなかったなあ」

勇者さんのたゆんたゆんとしたお腹を思い出したのか、エマも手を顎に当てる。

「ま、とりあえず、行ってみれば分かるよね」

オイラの提案はごく当たり前のことだと思うんだけど、なぜかお姉さんとエマが引きつった顔を向けてくる。

「行ってみる、って！」

「スキュラのとこにかよ⁉」

『『妖精の森』にだよ』

お姉さんがここに来たのは、『妖精の森』の入り口を発見するためだろうけど、オイラは違う。

『妖精の森』の入り口が発見されて、正式にギルドの管理下に置かれる前に、一足早く『妖精の森』に行ってミスリル鉱石を手に入れるためだ。

せっかくそれらしいところを見つけたのに、このまま帰ったんじゃなんのために来たんだか分からない。

「ま、まあ、ノアさんの攻撃は、竜にも通じましたし！　きっとスキュラだって……！」

「あ、言っとくけど。竜のしっぽは、ある一点を狙えば結構取れやすいんだよね。子どもの竜だったりすると、大人がしっぽを持って持ち上げるとうっかり取れちゃったりするらしいし」

「しっぽが取れやすいって、トカゲみた……！」

失言しかけたエマの口を、オイラはガシッとふさぐ。

「それ、竜に聞かれたらメチャクチャ怒られるからね」

『森の隠者』の縄張りのほうを見ながら声を潜めて言うオイラに、エマはこくこく頷く。

ちなみに土竜は耳もいい。

「ってなわけで、オイラの攻撃が凄いってわけじゃないから。むしろオイラは攻撃スキルもないし、武器の攻撃補整頼みだから」

「えーーーっ、そうなんですかぁ」

あからさまにガッカリしてお姉さんが肩を落とす。

「言ったでしょ？　オイラにあるのは逃げ足だけだって。……んー、じゃあさ、エマはここで待ってる？　お姉さんを背負ってるだけなら、たぶん、スキュラを振り切って転移の魔法陣を踏めると思うし」

「マジかよ」

「Fランクのオイラだけじゃ、『妖精の森』に行った、って言っても信ぴょう性は薄いんだろうけど、お姉さんが一緒なら信じてもらえるかもしれないし」

無精ひげをジャリジャリと撫でながら、エマがカハハと笑う。

「まあ、坊やだけでもルル様ララ様の後ろ盾があるからなぁ。少なくともギルドマスターは信じると思うぞ？」

「サンちゃんだけに信じられてもなぁ」

商店街のハッピを着たヤギの獣人が頭に浮かぶ。サンちゃんて、ギルドマスターってわりに頼りないっていうか、発言力ないっぽいんだよね。

「っていうか、私は行くの確定なんですね……」

「え？　じゃあ、オイラがエマ背負って『妖精の森』に行って、お姉さん一人でここで待ってるほうがいい？」

お姉さんは、慌てて辺りを見回し、サーーッと青ざめた。

ここは『獣の森』の奥地。今はスキュラの影響か他に魔獣の臭いはしないけど、出てくるのはエマとほぼ同じレベルの45。受付のお姉さんが安心してピクニック出来る場所じゃないだろう。

「ノアさんと一緒がいいです……」

「ね？」

にっこりと微笑むオイラを、なぜかお姉さんは不信感のこもったまなざしで見つめる。

やだなあ。別にハメてないってば。ただオイラは、ミスリル拾いに行きたいだけで。

「俺も、坊やに背負われるのはちょっとなぁ」

エマが情けなさそうに眉を八の字にする。まだ冒険者の矜持《きょうじ》が残ってるらしい。

「じゃあ、エマはこの辺に隠れて見てて。来られそうだったら、来てもいいけど？」

「誰が好き好んで、スキュラのエサになりに行くかよ」

投げやりに言いながらも、そこには、オイラだったら何とか切り抜けられるだろう、という信頼がある気がする。たぶん。

「じゃあ、お姉さん、行くよ？」

「えっ、ええっ⁉　もっ、もうですかぁああっ⁉　心の準備がぁぁあぁぁっ」

お姉さんの悲鳴をその場に置き去りにしながら、オイラはスキュラに向かって突進する。

身を隠していた枝葉をかき分けると、スキュラの腰から生えた六頭の野犬の首が、いっせいにギンとこちらを睨む。スキュラの伏せられた長いまつ毛がかすかに動くけれど、まぶたが持ち上がることはなかった。

六頭の野犬の十二本の足は伊達《だて》ではなく、周り込もうとしたオイラの前に、ぎゅんっと横移動で迫ってくる。スキュラの下半身の野犬は前足のみで、後ろ足はないようだ。

見た目の不格好さからは想像もつかない機敏な動きに、背中のお姉さんが、ひぃっ、と声を上げる。それでもやたらに暴れたりしないで固まっててくれるのは助かる。

スキュラの腰から生えた犬の首と上半身の隙間に、ちらりと魚の尾が見えた。どうやら、スキュラは女性の上半身に魚の下半身、腰から野犬の上半身が生えているらしい。

ガチガチと牙《きば》を鳴らす野犬の首を、体をひねって紙一重でよける。

エスティにしごかれて、対人戦も結構マシになってきたとは思うけど、体の周り中にこれだけ犬の口があると、やたらに投げ技をかけるわけにも蹴るわけにもいかない。ここは、どっちかっていうと対魔獣の戦い方でいいだろうと思う。

細めたり開いたりする野犬の目は、やはり目ヤニと涙でグシュグシュしている。

「やっぱ調子悪いのかな？」

本来犬は嗅覚《きゅうかく》重視でそれほど目に頼ってないはずだけれど、何だか野犬の動きは鈍い気がする。

結構余裕でかわせる野犬の首をひょいひょいよけていると、そのうちのひとつの首が、ぐんっと伸びてきた。

「えっ!?」

油断していたつもりはないけれど、まさか犬の首が何メートルも伸びるとは思いもしなかった。

必死で距離を取るオイラだったけど、犬の首のひとつに、前掛けの一部をかみ切られた。

危ない、もうちょっとズレてたら、倉庫の鍵を食われるところだった。

オイラの焦った顔を、きっとピンチだと思ったんだろう。

「オイ、スキュラっ！　そんなガキんちょ美味《うま》くねぇぞっ！　こっちのほうが食いでがあるってもんだぜ！」

隠れていた茂みからエマが飛び出し、両手を振って叫んだ。ちょうど、スキュラをはさんでオイラたちと反対側だ。スキュラの注意を引き付けようと……してる!?

「ばっ！　エマ、何やってんのっ!?」

スキュラの野犬の半分の首が、ぐいっとエマのほうを向く。

今まで伸びていなかった首までが、鎌首《かまくび》をもたげて細く伸び、ゆらゆらと揺れて牙をむく。

「大丈夫だっ、逃げ切ってやるさ！　俺に任せて先に行けっ」

エマっ、それ、言っちゃダメなやつ。

黄表紙でよくある、死亡フラグってやつだよ！

12　『妖精の森』①

「ちっ！　お姉さん、しっかりつかまって動かないでよっ！」

「はっ？　はいぃぃぃっ」

これまで以上にしっかりとお姉さんがしがみついたのを背中に感じ、オイラは一気に加速した。

蛇のように伸びた野犬の首が、すぐ近くをすり抜けるオイラに追いすがろうとして、追いつけずに目を丸くする。

「ぼっ、坊やっ!?」

「黙って！　舌かむよっ」

オイラはそのままエマを横抱きにひっ抱えると、錐《きり》もみ状に近くの大木に突っ込む。そのまま無理やり体をひねって大木を蹴ると、エマごと再びスキュラのほうへと突っ込んだ。普通なら有り得ない方向転換に、体中の骨がミシミシ軋《きし》む。

スキュラの美しい眉根がかすかに寄り、唇が困ったようにとがった。

一瞬、受けの体勢を取ろうとして固まったスキュラにぶつかる寸前で、オイラは横にステップを踏んですり抜ける。

その先にあったのは、想像通りの、転移の魔法陣だった。


『人の子だ』

『人の子が来たよ』

『前に来た、紫の人間とは違うみたいだよ』

転移の魔法陣を踏んだ瞬間、魔法陣が淡い赤に輝き、オイラたちは、見たこともない森にいた。

いや、森は森に違いないんだけど。全体的に色彩が、緑ってより青？　見たことのない植物が生えている。

その中で、オイラたちを中心にざわめきが広がっていった。

「あー。重かった」

オイラは抱えていたエマを、ドサッと地面に降ろした。

鉱石とかに比べれば、人間の重さなんてたかが知れてるんだけど、たぶん気分の問題だ。

鉱石や鍛冶素材は、背負っててワクワクするけど、おっちゃんを抱えててもワクワクしない。

「いでっ、お前なぁ、無茶するにもほどがあるっつぅ――」

文句を言いかけたエマを遮るように、背中にしがみついていたお姉さんが「わぁぁぁっ」と歓声を上げた。

「ここ！　ここ！　私の故郷ですよ！　懐かしいなぁ」

お姉さんがオイラの背中からするりと降りると、笑顔で魔法陣の外へ走り出す。

「ええ？　お姉さんの故郷？」

どう見ても人里があるように見えないし、生えている植物だって紫がかった青だったり、青味がかった緑だったりで、よく見るようなものはない。

「ほら、あの砂糖カエデの木！　子どもの頃、よくいたずらしたなぁ。秘密基地なんかも作って。木漏れ日が大好きだった……」

うっとりとしたように言うお姉さんだけれど、指さす方向に、砂糖カエデの木は見当たらない。

「おお！　お前は、俺が拾ってきた耳丸《みみまる》じゃねぇか！　冒険者になる、ってんでおふくろのとこに置いて来ちまったが、元気だったかぁ」

オイラが放り出したことに文句を言いかけていたはずのエマも、魔法陣の外へ踏み出し、近くの木の根元に生えているキノコに話しかけた。

ここに至って、オイラはようやく気付く。

幻覚だ、これ。

『あれ、この人の子、術にかかってないよ』

『かかってないよ』

『ないよ』

不意に聞こえてきた、細かい金属同士がシャラシャラと打ち合うような響きの声に、オイラは辺りを見回した。

「えーーっと、誰かいるの？」

目をこらすと、森のそこかしこにキラキラ光るものが見える。

半透明の……翅《はね》？　それをたどっていくと……

「ああっ！」

見えた。むしろ、何で今まで見えなかったんだろう？

透き通る肌の、翅の生えた二十センチくらいの人型の生き物が、あるものは草の葉に乗って、あるものは花に座って、あるものは枝の陰から覗きながら、興味深げにこちらを見ていた。

『私たちが、見えたみたいよ』

『見えたみたい』

『どうする？』

『どうする？』

ささやくように歌うように。ざわめきが広がっていく。

「えっと、初めまして。オイラはノア。そっちのウサギのお姉さんがスゥで、猪がエマ。びっくりさせるつもりはなかったんだけど、イキナリお邪魔してごめんね」

そう言いながら、ゴソゴソとオイラは前掛けのポケットを探る。知らない人のおうちにお邪魔したわけだから、何か手土産になりそうなものは……？　リュックのポケットにも手を突っ込んだとき、硬いギザギザした粒々が指先に触れた。

「あ、コレがあった。良かったら、食べる？」

目の前の大きな葉っぱの上に、色とりどりの小さな金平糖を広げてみせる。

毒じゃないよー、というアピールのために、オイラもふたつとってひとつを口に放り込み、もうひとつを首元の黒モフに食べさせる。

『魔物だよ』

『魔物を連れているよ』

『でもかわいい』

『かわいいね』

小さな金色の髪の妖精？　が、とととっと金平糖に近づき、そーーっと淡いピンク色の粒を手にとった。

『きれいね』

『貴方は、スキュラをいじめなかった？』

『いじめなかった？』

「え？」

突然何を言われたのか分からずに、オイラは目を瞬《しばた》かせる。

犬の首をよけはしたけど、いじめては……ないよね。

『スキュラは、元は妖精なの』

『ニンフなの』

『綺麗過ぎて』

『海の神様に見初《みそ》められた』

『スキュラは断ったけれど』

『でも、その神様のことを好きだった魔女に』

『呪《のろ》いをかけられて』

『あんな姿になってしまったの』

口々に言う妖精たちに、オイラは目を丸くする。

「何それ、完全な八つ当たりじゃん。神様のほうを呪えばいいのに」

妖精たちは驚いたようにまたざわめいた。それから、木陰から草陰から、わらわらと金平糖とオイラの周りへと集まってきた。

『面白い人間』

『神様を呪えって』

『面白い』

『前に来た人間は』

『紫の人間は』

『スキュラをいじめた』

『スキュラ泣いてた』

『スキュラは私たちのために』

『入り口を守ってくれてるのに』

金平糖をかじった妖精が、甘い、甘いと笑い合っている。どうやら気に入ってくれたみたいだ。

『獣の森』の入り口の茶屋で、お姉さんに買ってもらったものだけど、食べずに取っておいてよかった。本当は、黒モフとおやつにしようと思ってたんだけどねー。ゴメンよ黒モフ。

「スキュラをいじめた、って？」

『紫の人間は』

『スキュラに砂を投げた』

『コショウも投げた』

『トウガラシの粉も投げた』

「あー……」

なんとなく分かった。

スキュラやケルベロス、オルトロスなど首の多い魔獣は、とても怖そうに見えるけど、実は目や鼻、口といった動物にとっての弱点が多い。

この弱点ってのは動物も魔獣も変わらなくて、民間に伝わるオオカミ撃退法に、噛もうとしたオオカミの口に手を突っ込んで、舌を握る、なんてのがあるくらいだ。

つまり、目や鼻や口がとても多いスキュラにとっては……普通の魔獣よりも、催涙《さいるい》系の攻撃がひどくこたえるに違いない。

『魔法陣の守りは、傷を負ってもすぐ治る』

『だから魔獣と間違われるスキュラに』

『魔法陣の守りを頼んだのに』

『本物の砂は目に残る』

『スキュラ痛いまま』

『紫の人間は』

『スキュラを殴っているうちに、魔法陣に乗った』

『ふるさとの術が効かなかった』

「あー、勇者！」

妖精の言葉を聞くうちに、ふとあることに思い当たったオイラはぽんと手を打った。

『勇者？』

「その、紫の人間ってのは、勇者さんなんだよ。勇者には、『戦神の加護』があるから……！　たぶん、幻術のたぐいは効かないんだ！」

『ショック』

『あれが勇者』

『勇者』

「んー、そうすると、また来るだろうなぁ、勇者さん。スキュラの攻略法を見つけたわけだし」

そうしてオイラは、妖精たちに、オイラたちがここに来た理由を説明した。

『勇者』

『迷惑』

オイラの話を聞いて妖精たちが頷く中、今まで近づいてこなかった妖精が、すすすっとオイラの前に飛び出し、オイラをビシッと指さした。

『人の子。「森の隠者」の、血の臭いがする』

13　『妖精の森』②

水色の髪の妖精がそう言ったとたん、金平糖に群がっていた妖精たちが蜘蛛《くも》の子を散らすようにいっせいにいなくなった。

「あー、確かに。血の臭いはするかも」

しっぽを落として、さらに食べたんだからしょうがない。自分をクンクン嗅《か》いでみるものの、慣れてしまったのかサッパリ分からない。

『でも、「森の隠者」の守りもついてる。不思議。傷つけられたのに、なぜ「隠者」は君を守る？』

『人の子』

『「森の隠者」の守りがあるから』

『術が効かなかった？』

散った妖精たちが、草花の陰から遠巻きにして見ている。

「じーちゃんとは、竜式のあいさつをしたから。オイラがじーちゃんのしっぽを取って、じーちゃんと友達になったんだ。じーちゃんのしっぽももらって食べたし」

『人の子』

『隠さない』

『隠者のしっぽ食べた？』

オイラの後ろにふわりと回った水色の髪の妖精が、オイラの尻ポケットをコンコン叩いた。

あれ、何か入ってる？

取り出して見ると、岩の欠片のような、土くれのような？

『隠者のウロコの欠片』

『隠者の守りがついてる』

「……いつの間に」

隠者のじーちゃんの、好々爺然《こうこうやぜん》とした笑顔を思い出す。ひょっとして、『森の隠者』の縄張りからスキュラに出会うまで魔獣が寄ってこなかったのは、これのおかげなのかもしれない。

『竜のしっぽを取ると、竜と友達になれる？』

妖精も、これは初耳だったようだ。

「うん。自分を認めてもらう、っていうのかな」

座り込んでいたオイラの膝に、ととっ、と翅のない妖精が乗ってきた。

他の妖精が女の子っぽい見た目なのに対して、この翅のない茶色い髪の妖精は男の子っぽい。体の大きさは他の妖精と同じくらいだけれど、翅がない分小さく見える。

『隠者さまのしっぽを落としたのは、この剣ですかっ？』

しゃべり方も、他の妖精と少し違う。オイラが腰に提げた剣を、ぺしぺしと叩いた。

「うん？　そうだよ？　一本は砕けちゃったんだけどね」

『見せてもらっても？』

「どうぞ？」

鞘から抜くと怖がるかと思って、オイラは腰から鞘ごと剣を引き抜くと、そのまま翅のない妖精に渡した。持てるかとちょっと不安だったけど、問題ないようだ。

『これはっ、何とも見事な【特異級】ですねっ。他の剣も見せてもらっても？』

オイラは頷いて、リュックに括り付けていた残り二本の剣も渡した。

『ラウルってば』

『ラウルは、ノッカー』

『土の妖精』

『作るの得意』

なるほど。この翅のない妖精はラウルって名前で、ノッカーっていう土の妖精の一族だと。

土の妖精だから、翅がないのかな？

『この『速さ補整』の【特異級】……いいなぁ。偏りっぷりが潔《いさぎよ》くて』

ラウルは何とか剣を引き抜き、自分の体には大きすぎるそれを、ためつすがめつ眺めている。

興味津々のその様子に、なんだか自分と通じるものを感じて、オイラは苦笑した。

「よかったらこれ、いる？」

『えっ⁉』

ラウルが愕然《がくぜん》とした表情でオイラを見る。

『こっ、こんな見事な【特異級】、僕は人間のお金には詳しくないんですがっ。きっと、とっても高かったはず』

「オイラが打ったやつだから、それ。オイラはまだ鍛冶見習いだから、お金はいいよ」

『ええっ！』

ラウルがいったん驚き……それから、にへらっと笑み崩れる。

「あ、でも、一本だけだからね？　帰り道もあるし」

オイラの言葉が聞こえているのか聞こえていないのか、ラウルは渡した剣をかかげてピョンピョン跳ねて喜んでいる。

『変な人間』

『変わった人間』

いったん遠巻きにしていた妖精たちが、また徐々に近づいてくる。

ちなみにお姉さんは楽しそうに一か所をグルグル回っているし、エマはキノコと遊んでいる。本人たちは、故郷を散策し、または故郷に残してきたペットと遊んでいるつもりなんだろう。

「あ、そうだ！」

唐突に、ぽんっと手を打ったオイラに、妖精たちの輪がビクッと広がる。

「ね、ラウル。作るの得意なんでしょ？　今からオイラが言うようなの、作れるかな？」

そう言いながら、オイラは落ちていた小枝で、地面に絵を描く。

「ここがね、透明になってて。こっちがゴムで。こう、くっつくとこはピッタリするような」

オイラが説明しながら描く絵を、ラウルはふんふん言いながら見ている。

『出来ますけど……これ、なんなんですか？』

「ゴーグルだよ」

『？』

「人間はね、例えば、すっごい速い乗り物に乗ったり、高いとこから飛び降りたりするときに、風で目が開けてられなくなるんだよ。風がすごいと、目にゴミが入ったりするし。そんなのから目を守るためにする、ゴミの入りにくいメガネみたいなやつ」

『『？』』

ラウルと妖精たちが、さらに揃って首を傾げる。

「スキュラにね、どうかなー、と思って」

『『!!』』

オイラの言いたいことを理解したのか、妖精たちが目を真ん丸にする。

『くっ、くふふふっ』

『変！』

『変な人間！』

「あとは、鼻なんだよねー。犬の鼻面にマスクはキツイから、スカーフとかかな？　でもそうすると、見た目のインパクトが小さくなるし……ラウル、犬用のマスクって作れたりしない？　耳のゴム長めにして」

『つっ、作れますけどっ』

腹を押さえて笑いながら、ラウルが地面をバンバン叩く。何がそんなツボに入ったんだろう？

「どしたの？　あー、確かに、犬がみんなちっちゃいマスクしてるのは、想像すると面白い、かな？」

ゴーグルとマスクを装着したスキュラを想像する。

うーん。確かに、ちょっと見た目がアレかもしれない。

『みっ、見た目はっ、こっちでなんとかっしますっからっ！　人の子さんっ、面白すぎますっ』

「オイラ、ノアっていうんだけど」

ひーはーと息を整えたラウルが、ようやく立ち上がる。

『ノアさん。スキュラにそんなもの提供しちゃったら、勇者さん？　はここへ来られなくなっちゃいますよ？』

「あ、やっぱり、勇者さんのレベルだと、まともに戦ったらスキュラには勝てない？」

『当然』

『スキュラ強い』

『戦って負けたならともかく』

『スキュラ悔しい』

「んー、ならさ。それはそれでいいんじゃない？　このまま放っておいたら、勇者さんの案内してきた冒険者が、端からトウガラシ粉投げ始めるよ？　いくらなんでも、スキュラ可哀想すぎるって。あんな美人なのに。結局、目を開けてるとこ見られなかったし」

『スキュラ美人』

『スキュラを見て』

『美人って言う人間』

『初めて見た』

金平糖を抱えた妖精が何人か、ひらひらとオイラの周りを飛び交う。

「美人さんが、涙と鼻水ぐちょぐちょで、ムサイ男にタコ殴りにされる、なんて絵面《えづら》は見たくないよねぇ。ゼッタイ美人さんのほうの味方したいって」

うんうん頷くオイラの周りには、多くの妖精たちが集まってきていた。中には、オイラの肩によじ登って、黒モフの毛並みを撫でている妖精もいる。怖がりな黒モフだけれど、怖がり同士で気が合うのか、妖精たちにはされるがままになっていた。

『報酬』

『お礼』

『何か欲しいもの』

「え？」

首を傾げるオイラに、水色の髪の妖精が言った。

『スキュラの味方をしてくれるノアに、礼がしたいと、みんな言ってる』

14 『妖精の森』③

『宝石？』

『人間、宝石好き』

『キラキラ』

『瑠璃《るり》？』

『プラチナ？』

『トパーズ？』

『ルビー？』

『サファイア？』

小さな妖精たちが、それぞれに色とりどりの宝石を持ってオイラの膝の上に集まってくる。

みんな、自分の差し出したものを選んでほしそうに高々と差し出している。まるでオイラの膝の上が宝箱のようだ。

「えっと……」

確か、ダイヤモンドは鍛冶の素材になったはず。でも、せっかくもらった宝石を粉にしちゃったら妖精たちは悲しむだろうか。そんなことを考えていると、おずおずと緑色の小石を抱えている、ひと回り小さな妖精と目が合った。

子どもだろうか。他の妖精の陰に隠れるようにして、それでもなんとなくオイラに近付きたそうにしている。

「……！」

がばっとオイラはその妖精に近づき、妖精の手ごと小石をつまむ。

「これ！　これがいい！」

オイラの急な動きに逃げ腰になった小さな妖精が、オイラの言葉を受けて、にぱぁっと笑った。

『それ』

『森に落ちてる石』

『キラキラしない』

『普通の石』

他の妖精たちが首を傾げている。

「これっ！　ミスリル鉱石だよっ！　オイラはこれを探しに、この森に来たんだ！」

『ミスリル？』

『石？』

「オイラは鍛冶見習いだって言ったよねっ？　鍛冶見習いの仕事は、鉱石とか素材拾いなんだよ！　オイラ、まだミスリルで剣を打ったことがないんだ。うちの倉庫にはミスリルがないから。これからも、この森にミスリル拾いに来てもいいっ⁉」

『小石、キラキラしない』

『剣、キラキラ』

『石が剣に、なる？』

不思議そうな妖精たちを前に、オイラはミスリル鉱石の欠片に『製錬』と『精錬』スキルをかける。くすんだ濁った緑色だった小石が、ほんの小さな、でも美しい緑がかった銀色の金属に変わった。

『キラキラ』

『魔法？』

『魔法使い？』

「オイラはただの鍛冶見習いだよー」

手品を見たような顔で、妖精たちの黒目がちな目がキラキラ輝く。

『もっと』

『他にも』

『小石、拾ってくる』

わっと散った妖精たちが、今度は手に手に色々な小石を持って集まってくる。

『これも』

『これ』

『キラキラ、なる？』

妖精たちが持って来た小石を『製錬』してみると、ミスリル六割、チタン三割、銀などのその他の金属が合わせて一割、という結果になった。やっぱり圧倒的にミスリルが多い。

火竜のとこのマグマ石みたいに、ミスリルというのは、妖精の気を浴びて生じるのかもしれない。

『キラキラ』

『キラキラ』

どうやら妖精たちは、キラキラするものが好きなようだ。今まで気にもしていなかった石がキラキラするようになって、オイラが精錬した金属を手にはしゃいでいる。

「オイラ、これから、この森にミスリル拾いに来てもいいかな？」

改めて聞くと、オイラから隠者の血の臭いがすると指摘した水色の髪の妖精が、オイラの顔の前にパタパタと飛んできた。

『スキュラに聞いた。ノア、スキュラの攻撃をよけて、仲間かついで魔法陣踏んだ。許可、求める必要ない。スキュラかわせるなら、森へ来るの、自由』

「ほんとっ？」

どうやら、見た目は他とそんなに変わらないけれど、この水色の髪の妖精がこの辺りの妖精たちのリーダーらしい。

『でも』

水色の髪の妖精は、ツンとそっぽを向いた。

『隠者の守りがなければ、ノア、幻術にかかる。石、拾えない』

「あー。そっかぁ」

隠者のじーちゃんの守りってのがいつまでもつのかは分からないけれど、毎回毎回じーちゃんに面倒をかけるのは申し訳ない。

『だから、妖精の試練、受ける』

「妖精の試練？」

水色の髪の妖精の言葉に、頭にハテナマークを浮かべていると、他の妖精たちが嬉しそうにキャラキャラと笑った。

『試練』

『久しぶり』

『楽しい』

するとオイラの前に、赤い髪の妖精が飛び出した。さっき、オイラの膝に乗ってきた内の一人だ。その妖精が、さっと鈍色《にびいろ》のものを頭上にかかげた。

「それ、オイラの倉庫の鍵っ!?」

いつの間にっ!?

慌てて前掛けのポケットを探るものの、当然そこにはいつもあった鍵はない。

『これ、取り返す』

『取り返すの試練』

『もうひとつ』

『妖精の珠《たま》』

『これもつかまえる』

水色の妖精が取り出した、紫色に淡く光る球体が、妖精たちの手から手へとコロコロと渡っていく。

『鍵、つかまえる?』

『珠、つかまえる?』

『鍵がなければ、人の子困る』

召喚・トリップ系

こっちの都合なんてお構いなし!?
突然見知らぬ世界に呼び出された
主人公たちが悪戦苦闘しつつも
成長していく作品。

いずれ最強の錬金術師？

小狐丸

既刊8巻

異世界召喚に巻き込まれたタクミ。不憫すぎる…と女神から生産系スキルをもらえることに!!地味な生産職を希望したのに付与されたのは、凄い可能性を秘めた最強(?)の錬金術スキルだった!!

最強の職業は勇者でも賢者でもなく鑑定士（仮）らしいですよ？

あてきち

異世界に召喚されたヒビキに与えられた力は「鑑定」。戦闘には向かないスキルだが、冒険を続ける内にこのスキルの真の価値を知る…!

既刊6巻

装備製作系チートで異世界を自由に生きていきます

tera

異世界召喚に巻き込まれたトウジ。ゲームスキルをフル活用して、かわいいモンスター達と気ままに生産暮らし!?

既刊6巻

もふもふと異世界でスローライフを目指します！

カナデ

転移した異世界でエルフや魔獣と森暮らし！別世界から転移した者、通称『落ち人』の謎を解く旅に出発するが…？

既刊5巻

神様に加護2人分貰いました

琳太

便利スキルのおかげで、見知らぬ異世界の旅も楽勝!?2人分の特典を貰って召喚された高校生の大冒険！

既刊6巻

価格：各1,200円＋税

『珠があれば、人の子術かからない』

妖精の身長からすれば、倉庫の鍵はかなりの重さのはずなのに、まるで気にならないように妖精の手から手へと渡されていく。

『キャラララ』

不思議な笑い声がさざめきながら遠ざかっていく。それにつれて、ただでさえ視認しづらい妖精たちが、翅の煌《きら》めきだけになってさらに見づらくなる。

『期限は、砂が落ちきるまで』

水色の髪の妖精が、どこからともなく取り出した大きな砂時計を、倒れた大木の上に置く。

『よーい』

『どん』

妖精の砂時計がひっくり返された。


『信じられない』

『人の子速い』

『妖精に追いつく』

『ダミー見破る』

砂時計の砂を半分以上残して、オイラと妖精たちの追いかけっこは終了した。

木々に隠れ、木漏れ日に紛れて逃げる妖精たちをその煌めきだけで見つけるのは、人間には無茶ぶりもいいとこだった。だけど、オイラが追いかけなきゃいけなかったのは、妖精じゃなくて鍵と珠だ。妖精が見える必要はない。

『ノア、どうやって隠れた妖精見つけた？』

鍵と珠の二つを手にしたオイラに、水色の髪の妖精が不思議そうに尋ねる。

「オイラには本気で隠れた妖精を見つけるなんて出来ないよ」

『でも、ノア、鍵と珠の妖精つかまえた』

『髪の色も変えた』

『翅の色も変えた』

『なぜ分かる？』

オイラには色々な妖精が鍵と珠を持っていたように見えたけれど、どうやら鍵と珠を持っていたのは同じ二人の妖精で、次々に変装（？）していたらしい。

「オイラが追っかけてたのは、鍵と珠のにおいだよ」

オイラは自分の鼻をツンツンしてみせる。

『におい？』

『鍵、においする？』

『珠、においある？』

「鍵はずっとオイラの前掛けに入ってたからね。オイラのにおいは自分じゃ分からないけど、鍛冶屋の前掛けって独特の臭いがするから。珠は、水色の髪の妖精さんが出したでしょ？　だから、その妖精さんの匂いをたどって」

『アに、臭いなんてない！』

水色の髪の妖精が、真っ赤になって叫んだ。

15　『妖精の森』④

「あるよ？　鈴蘭《すずらん》の花の香りを、薄くしたみたいな。優しい匂いだね」

水色の髪の妖精が、さらに赤くなってわなわなと震える。事実なんだけど、妖精と犬の獣人の嗅覚は違うのかもしれない。怒らせちゃったかな？

『フン』

そっぽを向いた妖精に、オイラはおずおずと尋ねる。

「これで、オイラはここにミスリル拾いに来てもいいのかな？」

『その妖精の珠を持っていれば、幻術にかからない。珠は試練クリアの当然の権利。スキュラかわせて、妖精の珠を持っているなら、ここに来るの、ノアの勝手』

「本当!?　やったぁ」

わーっと、周囲の妖精たちまで一緒に喜んでくれる。色とりどりの妖精たちが、オイラの周りで花吹雪《はなふぶき》のように舞い踊った。

『ポポル様に認められた』

『妖精の珠持ってる、妖精の友達』

『他の妖精のところ行くときも』

『珠持ってるといい』

『人の子、友達』

『楽しかった』

『また追いかけっこする』

浮かれてくるくると宙を舞う妖精たちは、翅がキラキラと光ってとてもキレイだ。

浮かれて妖精たちと一緒に踊り出したオイラに、水色の髪の妖精が、渋面《じゅうめん》を作る。

『妖精の珠は、試練の報酬。だから、それではお礼にならない』

「え？」

『スキュラのために色々考えてくれた。欲しいもの、言う』

「えっ？　ミスリル以上に欲しいものなんてないよー」

妖精たちの住処《すみか》に、妖精たちの許可をもらって堂々とミスリル鉱石を拾いに来られる。こんなに嬉しいことはない。

妖精たちと踊っていたオイラの前に、水色の髪の妖精が、小瓶に入った淡いピンク色の粉を持ってきた。

「？」

『妖精の粉。体に振りかけると、短い時間、浮くことが出来る』

「浮くの⁉」

びっくりして、思わず踊りの輪から外れたオイラに、妖精たちが口々に言う。

『妖精の翅からこぼれる粉』

『人間重い』

『ずっとは無理』

『でも、ちょっとだけなら』

『人も浮く』

鍛冶に使ったら、効果あるかな？　母ちゃんの部屋にあった素材の本には、妖精の粉なんて載ってなかったけど。速さ補整とか上がるかも？

『砂時計の砂の残りと同じ量。ノアに、あげる』

「えっ⁉　本当⁉　妖精さんありがと、すっごく嬉しい！」

見たことのない素材は本当に嬉しい。

満面の笑みで受け取ると、水色の髪の妖精が、ツン、と向こうを向いた。

『今回だけ。特別。アはポポル。妖精さんじゃない』
ア、というのは一人称？　ってことはポポルが名前……ポポちゃん？
「ポポちゃん、ありがと！」

『ポポ……ちゃん⁉』

びっくりしたように、ポポちゃんが耳を赤くして目を白黒させている。

『ポポル様照れてる』

『ポポル様すなおじゃない』

『にゃーーーっ、うるさいーーっ』

ポポちゃんが照れ隠しに妖精たちへと突進していき、オイラの周りに集まっていた妖精たちは、笑いさざめきながら森の中へと散っていった。

『人の子』

『また来る』

『甘い星』

『また持ってくる』

「えっ、金平糖？　オイラだいたいが金欠だから、毎回買って来るお金はちょっと……」

基本的に砂糖は、薬種問屋で扱われる高級品だ。原料がほぼ１００パーセント砂糖で出来ている金平糖は、日常食べるには高価な菓子だ。ましてや、オイラの財布には銅銭しか入っていない。

『ノア』

オイラの頭に、ゴン、と何か硬いものがぶつかって跳ねた。ひょい、とそれを掴むと、子どもの拳大の緑色の透明な石だった。

けっこう痛い。

『それあげる。それ売って、甘い星、たくさん』

オイラは宝石系はサッパリだから、この緑の石が高いのか安いのかまるで分からなかったけれど、まあ、金平糖を一回買うくらいのお金にはなるだろうと思った。

「分かった。じゃあ、売れたら金平糖買って来るね」

『約束』

オイラはポポちゃんの小さな指と指切りをして、『妖精の森』を後にした。

もちろん、徘徊《はいかい》しているお姉さんと、キノコとしゃべっているエマ、リュックにいっぱいのミスリル鉱石を回収して。


「お父さんお母さん……私ねー、好きな人が出来てー。それが……」

焦点の合っていない瞳でブツブツ言っていたお姉さんが、そこまで言ってハッと気付いた。

「あれっ？　ここは……ノアさんっ⁉」

オイラの背中のリュックは既に鉱石でパンパンになっているから、お姉さんはお姫様抱っこに戻っている。エマは、当然お姫様抱っこになんてしたいわけはないから、リュックの上にくりつけてある。

さらにリュックの後ろには、大きな葉っぱでくるんだじーちゃんのしっぽの一部も縛り付けてある。さすがにエマを背負った上に、しっぽ全部は持ってこられなかった。

「もうすぐ、『獣の森』の入り口だよー」

「えっ⁉　『妖精の森』はっ？　スキュラはどうなったんですか？」

「スキュラねぇ」

オイラは少しだけ、スキュラを思い出して口の端を上げた。

『妖精の森』でのやり取りが聞こえていたのか、スキュラはお姉さんとエマ二人を抱え、鉱石まで背負って動きの鈍ったオイラを攻撃してくることはなかった。ただ、薄く目を開けて、にっこりと微笑んでくれた。

かすかに開けた目は真っ赤に充血していて、でも、瞳は鮮やかな海の色だった。

『次は、見逃さない』

「オイラも全力でかわすよ？　それと、次に勇者さんが来るとき、オイラの父ちゃんが打った剣を持ってるから気を付けてね。前より強くなってると思うから」

『勇者に、剣をやったの？』

「お客さんだからねー。父ちゃんの剣は凄いんだよ？」

『でも、負けない』

「うん、たぶん負けないだろうねー」

お互いに、『強敵《とも》よ』みたいな感じで別れた。次に行くときには、スキュラも全力で仕掛けてくるだろうし、オイラも全力でよけたいと思う。

勇者さんは……まあ、考えないようにしておく。

「それで、勇者さん以外の冒険者も『妖精の森』に行けるように、ってのが当初の目標だったんだけど……。結局、勇者さんも『妖精の森』に行けなくなったから」

「はい？」

細かいことを一切省いたオイラの説明に、お姉さんが訝し気な顔をする。

「勇者さんのギルドへの優位性がなくなって、お姉さんが勇者さんをフレればいいわけだよね？　だったら、勇者さん以外の冒険者が『妖精の森』に行けるんじゃなくて、勇者さんも『妖精の森』に行けない、でもいいわけでしょ？」

「いやまあそうですけど……なんか納得いかないっていうか、結局何がどうなって、どうしたんですかね……？」

眉間にしわを寄せて、お姉さんがブツブツ言っている。が、吹っ切れたようにひとつ頷いた。

「ま、そうですよね！　東ギルドが期待していた利益は出なくなりますが、それで私のお給料が下がるわけでなし！　細かいことはどうでもいいです。そもそも、スキュラの後ろにあったのは、『妖精の森』なんかじゃなくて、私の故郷へ通じる道でしたし。もうちょっと行きやすいところにあったら、今度の里帰りのときにでも利用したいところなんですが……。あれ？　でもそうすると、勇者さんの見つけた入り口っていうのは？」

「スキュラのとこのだよ。オイラには『妖精の森』が見えたから」

「えっ？」

「『妖精の森』が見える人と、故郷が見える人とがいるみたいだね。オイラは隠者のじーちゃんの守りがあったから行けたみたいだし、勇者さんは『戦神の加護』のおかげかな？」

「じゃあ、ひょっとして、スキュラの魔法陣を通れても、『妖精の森』へ行けるのは勇者さまとノアさんだけ……？」

「そーかも」

「じゃっ、じゃあ、勇者さまが行けなくなった、っていうのが最良の落としどころじゃないですかっ。でも、まあ、これで勇者さんにおもねる必要はなくなったわけですよね？　ってことは、好きな人に告白したりしても……」

「いいんじゃない？」

オイラは、チラっとリュックの上のエマを振り返る。お姉さんが幻術から覚めたのに、まだ目覚めない辺り、精神耐性が低いのだろうか。むしろ、ギルドの受付嬢って、思っているよりも精神耐性が鍛えられる職種なのかもしれない。

今はエマも情けない恰好《かっこう》だけれど、まあ、お姉さんのピンチに飛び出したりして、いいとこも見せられたわけだし。プラマイゼロで、好感度維持かな？

お姉さんは顔を赤らめて何だかもじもじしている。

しばらくして、『獣の森』の入り口に着いた。少し先に、エマがズーを預けた茶屋が見える。

「じゃあ、降ろすよ？」

よいしょっ、とお姉さんを降ろそうとしたのに、なぜかお姉さんはガシッとしがみついていて離れようとしない。

「お姉さん？」

「あの、あのですね」

「なに？」

エマのことかな？　ひょっとして、リュックの上にエマがいるのに気付いてない？

「エマだったら、後ろだよー」

「いえっ！　エマートンさんの話じゃなくて！　そのっ、そのー。私、お姫さま抱っこなんてしてもらったの、今回が初めてで。ノアさんといると、その、ずっとドキドキしっぱなしで……！」

「えっ⁉」

よく見ると、お姉さんの瞳の中にハートが見える。頬を染めて恥ずかしそうに、それでもガシッとオイラにしがみつく。視線をたどって振り返ってみても、やっぱりそこにはエマの顔などないわけで。

「私、ノアさんのこと……」

「ちょっ、お姉さん、エマのことが好きだったんじゃないの⁉」

「私、そんなの一言も言ってません！」

「待ってお姉さん！　それ吊《つ》り橋効果ってやつだよっ！」

吊り橋効果ってのは、危険なドキドキを、恋のドキドキと勘違いすること。お姉さんの状態は完全にそれだと思う。

顔を真っ赤に染めるお姉さんにあわあわしつつ、オイラはなんとかエマがズーを預けた茶屋まで行ったのだった。

16　スゥフレッタの手紙

前略、お父さんお母さん。お元気ですか？　何度も、「顔を見せに帰っておいで」と手紙をもらっているのに、五年も帰らなくてごめんなさい。イーフやサーフも元気かしら？

私は、今日も冒険者ギルドで元気に働いています。

ギルドの皆には、スゥという愛称で呼ばれています。こちらの夏はむし暑いので、そちらの過ごしやすい夏が恋しくなります。冬はこちらのほうがずっと過ごしやすいですけれど。

ところで、先日私は、里帰りしました。お父さんお母さんにも会った気がするけど……

気が付けばノアさんのところにいたので、あれは、妖精たちのいたずらだったんだ、と今では思っています。妖精が見せてくれた、ふるさととの夢だったんだと。

そう、妖精。

私は、妖精に会ったんです。

いったい何から話せばいいのか……

始まりは、三か月くらい前。私が働く冒険者ギルドに、若い冒険者希望の子がやって来ました。見た目は、十歳から十二歳くらい。しかも職業は鍛冶見習い。本人は十四歳だっていうけど、ずっと幼い感じがして。

その子が、ノアさんです。

知っての通り、王都に幼い孤児はほとんどいません。子どもは育ちにくいですから、子どもを亡くした夫婦がたくさんいて、捨て子も、親を亡くした子も、すぐに里親は見つかるんですよ。どうしても見つからない場合でも、各町が町用費から養育費を出して、職人の親方に弟子入りするか、商家に小僧奉公出来る十二歳頃まで面倒をみるのが王国法で決められているんです。

それより問題なのは、貧しい親を持つ子ども。それと、十歳頃になってから、親を亡くした子どもです。そういった子どもたちは、歳を偽って冒険者になろうと、ギルドにやってくることが結構あります。

最初はノアさんを、そういう子どもなのかと思いました。ところが。

なんと、ノアさんは、レベル５００超え。

レベル判定の魔道具ではとても判定出来ずに、ギルドマスターのサンワード様の鑑定ですら、レベルがいくつなのか見えなかったんです。しかもノアさんは、ギルドマスターと同じ、大賢者ルル様のお弟子さん！　ルル様ララ様もいらっしゃって、ギルドはもう大パニックでした。

そこまでは、まだ良かったんですが。問題は、ノアさんがギルドに出入りするようになって三か月経ってから起こりました。冒険者ギルドに、勇者さまがやって来たんです。

「ここが、デントコーン王国の冒険者ギルドなのねぇ」

そう言いながら、たゆんたゆんとお腹を揺らしつつギルドに入ってきたのは、紫色の、なんとも派手なカバの獣人さんでした。私は、まさかその人が勇者さまだなんて、そのときは想像もしませんでした。

「ギルドマスターを呼んでちょうだい」

「失礼ですが、冒険者ギルドは初めてですか？　ご用は受付でお伺いいたします。ギルドマスターは、ただいま会議中ですので」

たまたまギルド内の案内を受け持っていた私がそう言うと、カバの獣人さんは、目を細めて上から下まで私を眺めました。

「デントコーン王国にも、かわいい子がいるのねぇ。つつましい体型がアタシの好みよ」

「つっ、つつましい？」

「アタシはジュリーオース。勇者なのよねぇ」

「勇者さまっ!?　勇者さまは確か、ソイ王国にいらしたはず……？」

「詳しいのねぇ。勇者ですものねぇ。みんな噂するのよねぇ」

その自称勇者さまは満足そうに目を細めました。

「最近、アタシはデントコーン王国に来たのよ。それで、『獣の森』にもぐってたのよねぇ」

「『獣の森』ですか？」

「『獣の森』のギルドの出張所に行ったら、こっちのギルドに行くように言われたのよねぇ」

そこに、二階からギルドマスターが下りて来ました。ギルドマスターはおひげが立派な初老のヤギの獣人さんです。

「これはこれは。ひょっとして、勇者さまでいらっしゃいますか。わしはこの王都ハーベスタ東ギルドのギルドマスター、サンワードと申します。たった今、『獣の森』出張所から早馬が参りましてな。詳しいお話は、二階のギルドマスター室でお伺いしたいと思います」

「ギルドマスターは話が早くて助かるわぁ。なんたってアタシは、『獣の森』を踏破したんだから」

「踏破ですか？」

目を丸くする私に、勇者さまはニッコリ笑いかけられました。

「アタシ、この子が気に入ったわぁ」


「すまない！」

サンワード様が、私の前で深々と頭を下げて、手を合わせられます。

「ゆ、勇者さまってば、私がギルドに出勤するときも、退勤するときも、花を持ってギルドへいらっしゃるんですよっ!? 私の行きつけのお汁粉屋《しるこや》さんにも、おしろい屋さんにも、いつの間にか先回りしていて。なんとか振り切って家に帰ってますけど、このままじゃ、いつ家を突き止められるかと気が気じゃなくて……！　なんでお断りしちゃダメなんですかぁっ」

「そこを何とか。勇者さまは、『妖精の森』の入り口を発見したと言っておられるんだ。スゥも知っての通り、はるか昔に失われた『妖精の森』の入り口の発見は、王国ギルドの悲願だ。西、南、中央のギルドマスターからも、絶対に勇者さまから『妖精の森』の入り口を聞き出すように、との催促《さいそく》を受けておる。今、勇者さまの機嫌を損ねるわけにはいかんのだよ」

「私に犠牲になれって言うんですかっ？」

「何もそこまでは言うとらんよ。勇者さまが、他の冒険者に『妖精の森』の入り口を教えてくれるまででいいんだよ。勇者さまには、最高の宿屋も手配しているし、食事代も買い物代も全てギルドで肩代わりしている。ご満足いただいているはずだ。もう少しのはずなんだよ」

お世話になっているサンワード様に拝み倒されて渋々承知しましたが、私は、自分の身は自分で守らなければ！　と強く決意しました。だって、ギルドマスターすら勇者さまには強く出られないんですもの。

だから鍛冶見習いのノアさんに、武器を譲ってくれるように頼んだんです。けれど、それに対してノアさんの出した答えというのが意外なものでした。

それは、勇者さん以外に、他の冒険者を『妖精の森』の入り口まで案内出来る人間がいればいいんだよね？　というもの。

そうして、私とノアさんは、『妖精の森』を目指すことになったんです。


「——やっぱりお姉さんはオイラが抱っこするから、先に行っていいよ？」

「ええっ!?」

『獣の森』までの道程。一緒に行くことになった、Bランク冒険者のエマートンさんはズーを連れていたので、私はてっきりそちらに乗せてもらえるものと思っていたのですが、ノアさんがとんでもないことを言い出しました。だって、ノアさんは多く見積もっても十二歳くらいの体格。私の肩までくらいの身長しかありません。

エマートンさんは、面白がって私を置いて行っちゃうし。

持ち上げられるのかだって半信半疑だったけれど、ノアさんはひょいっと私をお姫さま抱っこすると、物凄いスピードでエマートンさんを追いかけ始めました。あまりのスピードに、私は目も開けていられないほどでした。

あまつさえ、ノアさんは、ズーに乗ったエマートンさんを追い抜いたんです。

「あっ、あり得ねぇぇぇぇえええっっ!!」

追い抜くときにエマートンさんが叫んでいましたが、ノアさんは止まることはなく、結局そのまま、休憩も挟まずに王都の外れから『獣の森』まで走り抜きました。

王都の外れから『獣の森』まで、ズーに乗っても一時間半。馬車なら二時間。それを、ノアさんは私一人抱えて、四十分ほどで走り切ってしまったんです。

エマートンさんを待っている間に、私は、ノアさんにお団子とお茶、それに金平糖を買ってあげました。だってノアさんときたら、子どものおこづかいほどのお金も持っていないんですもの。

そんなところは年相応で、団子一本で大喜びしてくれるのも、また可愛いというか。

うん。可愛いんです。

それから、エマートンさんが追い付いて、一緒に『獣の森』に入りましたが……

何から説明すればいいのか。『獣の森』の魔獣たちを、ただ走って振り切るわ、走っている魔獣にポンポン触るわ。さらに、冒険者から『森の隠者』と恐れられている土竜と戦い始めて、そのしっぽを切り落としたんです。

本当なんです。本当の、本当に。

エマートンさんじゃありません、ノアさんが、ですよ？

私の語彙力《ごいりょく》では、ノアさんの凄さを伝えきれなくて残念です。

Bランク冒険者のエマートンさんが、ただただ圧倒されていました。

ここに来て、私は後悔し始めました。何で私は、こんなところまでついてきちゃったんでしょう？　足手まとい以外の何者でもないのに。

そう、ノアさんに相談すると――

「じゃあ、この先はエマと二人で行くから。お姉さんは、ここで待ってる？」

とか言うんです！　ここで、っていうのは、土竜の棲み処で、ってことです！　ここに来てのまさかのドS発言ですよ!?

もちろん私は、一緒に連れて行って欲しい、と懇願しました。

ところが、一緒に行った先には、スキュラがいたんです。

スキュラ、知ってますか？　上半身は美しい女性で、腰から六頭の野犬が生えている魔獣です！

あんな恐ろしいもの、初めて見ました！

土竜に対して感じた、圧倒的な力への畏怖とはまた違います。生理的な怖さ、っていうか。私は固まったまま、身動きも出来ませんでした。

それなのに。

ノアさんは、スキュラは『妖精の森』への入り口を守っているに違いない、私を背負ったままスキュラをかわして『妖精の森』へ行く、って言うんです。

私も行かなきゃなんですか、って尋ねると――

「え？　じゃあ、オイラがエマ背負って『妖精の森』に行って、お姉さん一人でここで待ってるほうがいい？」

って、こうですよ!?　『獣の森』の最奥で！　私一人放置されたら、魔獣のエサ確定じゃないですかっ！

一人で『魔物の領域』に放置されるのと、二人でスキュラに突っ込むのとの究極の選択！

Sです！

ドSです！

可愛らしい見た目からの、ドS発言！　小さな体で私をお姫さま抱っこといい、大喜びで団子をかじっていた口で、土竜のしっぽにかぶりつく様《さま》といい！

ギャップあり過ぎです！

私はもうやられました。ノアさんといるとドキドキしっぱなしです！　なんですか、その行動のひとつひとつは私を萌《も》えさせるためのものですか。

もういいです。

スキュラにでもなんでも突っ込んでやります。ノアさんと一緒なら怖くありません。

そうは言っても、私の体は小刻みに震えていますが。ノアさんにしがみついたまま固まっていますが。心は燃えています。

スキュラの犬の牙が、私のすぐ側でガチッと閉じましたが。スキュラから伸びた犬の首が、ノアさんの前掛けを噛みちぎりましたが。ノアさんと一緒なら平気です！

半泣きなのは気のせいです！

そこから、記憶があまりありません。

故郷に帰って、お父さんお母さんに会ったような気がします。

でも、気が付くと『獣の森』の入り口にいました。お父さんお母さんが、私に会った記憶がないなら、やはり、あれは妖精たちのいたずらだったんでしょう。

私は結局、『妖精の森』へは行けませんでしたが、ノアさんは、ちゃんと『妖精の森』に辿り着いていたんです。

だって、茶店に着いて下ろしてもらったとき、私は確かに見たんです。

荷物とエマートンさんを下ろすノアさんの、前掛けのポケット。そこから、小さな、手のひらに乗りそうなほどの大きさの、茶色い髪の男の子が顔を出していたのを。

私と目が合うと、小さな男の子は慌てて顔を引っ込めてしまいました。

だから。私は、『妖精の森』へは行けませんでしたが、ちゃんと妖精には会ったんですよ。

お父さんお母さん。

おそらく、この手紙を出すことはないでしょう。

恥ずかしいことをいっぱい書いちゃったので。

次に休暇がもらえたら、今度こそ、ちゃんと里帰りしたいと思います。

17　オイラたちの半年②

茶屋に着いたオイラは、ひと休みするついでに、エマを座敷に寝かさせてもらい、ついでにポポちゃんにもらった緑の石をお姉さんに見てもらうことにした。

『獣の森』の入り口にあるギルドの出張所に持ち込んで換金してもらうつもりだったけれど、その前に、一応。冒険者ギルドの受付嬢は、買取窓口を受け持つこともあるので、色々なものの値段に精通している。

「これね、森で知り合った友達にもらったんだけど」

オイラが取り出した石に、お姉さんは最初眉をひそめ……それから驚愕《きょうがく》に目を見開く。

「こっ、これ……！」

「ん？」

「エメラルドですよっ！　こんな大粒の……しかも純度の高い……カットしてませんから、きっと原石を磨いただけなんでしょうが……」

「エメラルド？　って、鍛冶の素材にはならなかったような」

「そーいう問題ですかっ！　エメラルドはとても割れやすい宝石で、それなのに、金槌で叩いて砕けなかったら本物、みたいなデマが流れたために、大粒の石はほとんど砕かれてしまったんですよっ⁉ これは、たぶん、世界最大クラスの……王様の冠《かんむり》についてても不思議はないレベルです！」

「じゃあ、それで金平糖って買える？」

「王都中の店ごとだって買えますよっ」

それはさすがに食べきれないんじゃあ……？

なぜかプンスカしているお姉さんから、オイラはエメラルドを受け取り、陽にかざしてみる。確かに、とても綺麗な緑色だ。

「これで金平糖買って来て、ってもらったんだけど」

「友達に？」

「うん」

「ひょっとして……『妖精の森』の、ですか？」

「……うん」

ためらいがちに頷くオイラに、お姉さんは困ったように眉根を寄せた。

「それは……えーっと。そこのギルドの出張所で売るのは、オススメ出来ないかもしれません」

「どういうこと？」

「そんな凄い宝石、ギルドの儲《もう》けもかなりのものでしょうから、受付嬢としては、こんなことを言っちゃマズいんですが……。『妖精の森』から、世界最大級の宝石が産出された。そんな噂が広まれば、世界中の冒険者が『妖精の森』を目指します。その中には、勇者さまじゃなくても、スキュラに勝てる方もいらっしゃるでしょうし、『妖精の森』に辿り着ける方もいるでしょう。ノアさんは……その、お友達のいる『妖精の森』を、あまり荒らされたくはないんですよね？」

オイラは、妖精たちの笑いさざめく声が響く青い森を思い浮かべる。

あの森に、冒険者が殺到《さっとう》するのは……ちょっと遠慮してもらいたいなぁ。

「分かった。返してくる」

「えっ？」

お姉さんが目を真ん丸にする。

「返しちゃうんですかっ？　ギルドで売らなくても、それ一個で一生遊んで暮らせますよっ？」

「だって、『売れたら』『金平糖買ってくる』って指切りげんまんしちゃったからね。オイラの財布には銅銭しかないから、これ返しちゃったら金平糖は買えないけど、そこは謝って許してもらうよ。

お姉さんは、エマが起きたら一緒にズーに乗せてもらって先に帰って？　オイラ、日が暮れるまでには帰る、って父ちゃんに言っちゃったし、ちょっと急ぐから」

「ええっ？」

お姉さんがびっくりしている隙に、茶店のご主人にリュックとじーちゃんのしっぽを預かってもらうと、オイラは一目散に『獣の森』の奥へと走り出した。

荷物がないから体が軽い。

預り賃に財布をはたいちゃったから、財布も軽いのなんの。剣も、腰に下げた一本きりだけれど、戦うつもりはないから、まぁなんとかなるかな？

――結局、『妖精の森』のポポちゃんは、エメラルドを受け取ってくれなかった。

立派すぎて換金出来ないから金平糖が買えなかった、と言うオイラに、小粒の宝石をさらに一握りくれた。少しずつ換金して、金平糖を貢《みつ》ぐように、と。オイラに宝石の価値はよくわからないし、また売る前にお姉さんに見てもらったほうがいいかもしれない。

最初のエメラルドは……とりあえず、倉庫行きかなぁ。鍛冶の素材に使えれば良かったんだけど、生憎《あいにく》エメラルドには何の補整効果もない。

オイラが再び茶屋に戻ると、既にエマとお姉さんは出発した後だった。

茶屋のご主人に礼を言って、オイラはリュックとしっぽを背負って家への道を戻る。

もう日が暮れる寸前だ。人をよけながら出せる最高スピードで、オイラは家路を急いだ。

「ノ、アぁぁ」

「ひぇぇえっ!?」

オイラが家に着いたのは、日がとっぷり暮れた後だった。

おそるおそる戸を開けたオイラの前に、父ちゃんが仁王立《におうだ》ちしている。角を生やしゴゴゴッと炎を背負った幻覚まで見えるようだ。

「お前、今何時だと思ってる?」

「えーっと?」

「どこ行ってた?」

「冒険者ギルドの受付のお姉さんの相談に、ちょっとのってて」

「その背中のリュックの中身を見せてもらおうか」

むんず、と掴まれた腕は万力《まんりき》のようだ。父ちゃん、腕力上がったね。

「こっ、これは、そのー」

なす術《すべ》もなく、オイラは家の土間に拾ってきたミスリル鉱石を広げさせられた。ついでに隠者のじーちゃんのしっぽも。

「鉱石拾いは半年間は禁止だって言っただろうがっ！　……!?　ってコレ、ミスリル鉱石じゃねぇかっ！」

「そうだよ、うち、鍛冶ギルドから回してもらえないじゃん？　『竜の棲む山脈』にミスリルはなかったから……ずっと、ミスリルがあればなぁ、って父ちゃんも言ってたよね？」

褒めて褒めて、としっぽを振るオイラに父ちゃんは渋い顔をしている。ミスリルは嬉しいものの、禁止していた鉱石拾いに行っていたオイラを前に素直に喜べない、といったところだろうか。

ミスリルは、オリハルコンやアダマンタイトと比べると、結構広く流通している。

お隣のアルファルファ神聖国に大きなミスリル鉱山があって、大規模に採掘されていたのだ。今は廃坑寸前だそうだけれど、過去に産出された分がかなりある。

そんなわけで、普通の鍛冶屋は、鍛冶ギルドからある程度融通《ゆうずう》してもらえる。

普通の鍛冶屋なら、なんだけど……

ちなみに、魔力親和度の高いミスリルは武具より魔道具に使われることのほうが多く、魔道具作製には『合金』スキルは使わないのでリサイクル可能だ。

ただ、リサイクル品は各ギルドが占有しているから、市場には流れない。今までオイラの行けた範囲にミスリル鉱石がある場所はなかったから、うちの鍛冶場がミスリルを手に入れる術はなかったわけだ。

「そりゃ確かに言ってたが……」

「それにっ、ほら、コレ！」

「なんだそりゃ？　石か？　粘土？」

「土竜のしっぽだよ」

「はぁああっ⁉」

「土竜のウロコは、防御力と耐久力をすごい上げるんでしょ⁉」

早く鍛冶に使いたくてウキウキしながら言うオイラに、なぜか父ちゃんは頭を抱える。

あれ、これ、なんか久しぶり。

「お前なぁ」

「ともかく、お腹空いたでしょ？　遅くなってごめんね、ご飯作るね」

朝のうちに研《と》いで冷やしておいたお米に、火を入れる。種火はかまどの灰の中に埋めてあるのですぐに着火出来るし、二十分もあれば炊き上がるだろう。

うちのかまどは二口だから、お米を炊く余熱で、隣で味噌汁《みそしる》も作れる。沸いたお湯の中に、ネギとみりんを入れて丸めてある味噌団子を放り込み、乾燥ワカメを浮かべて、かまどから下ろす。

鍋《なべ》を下ろしたかまどの上に焼き網を載せて、焼くのはもちろん土竜のしっぽだ。串に刺して焼き鳥風にして、あっさり塩コショウで味をつける。滴《したた》った脂が香ばしい匂いを辺りに振りまいた。

作り置きしておいたシイタケとコンニャクの煮しめも出そう。

削り箱を出してかつお節を掻くと、よそった味噌汁の上にパッと散らした。ご飯を炊いている羽《は》釜《がま》の横から吹きこぼれたおねばが焦げて、パチパチといい音と匂いがしてきた。

あとちょっと蒸らしたら完成かな？

簡単だけど、メインが豪華だからこれで充分でしょ。

「ご飯出来たよー」

ミスリル鉱石を吟味《ぎんみ》していた父ちゃんと、鍛冶場の後片付けをしていたリムダさんに声をかける。

三人分のお膳《ぜん》に箸《はし》と味噌汁、煮しめの小皿を並べ、肉の串も置く。ホカホカご飯をよそったら完成だ。

「おー、いい匂いだな」

「あ、ノアさんお帰りなさい。今日は、ギルドのお姉さんとデート？　でしたっけ？」

「デートじゃないよぉ。エマも来たしね」

「エマさん？」

「Bランク冒険者のねー。って、しゃべってないで食べようよ。ご飯は炊き立てお肉は焼き立てが一番なんだから！」

「いつもありがとうございます。早くぼくも料理が出来るようにならないと。って……？　……ノアさん、このお肉って？」

「あ、気付いた？　美味しいよ？」

「いえ、そういう問題じゃなく」

リムダさんの顔色が、サァーーーッと青ざめる。

「……ひょっとして」

「『獣の森』のじーちゃんのしっぽだよ？」

「『獣の森』のご老体のっ⁉」

リムダさんが、器用にも正座したまま飛び上がるのと同時に、ぐーーっ、と音がした。

「はは、なんだノア、そんなに腹が減ってるのか」

父ちゃんが、オイラを見て笑う。

「えっ、いや、確かにお腹は空いてるけど。今のはオイラじゃ……」

そこまで言ったとき、オイラの前掛けのポケットが、もこもこっと動いた。

『あんまり美味しそうな匂いがしたもので、つい。ノアさん、僕にも、ご飯ください』

茶色い髪の毛に、翅のない小さな体。

ノッカーのラウルが、ペロッと舌を出して顔を見せた。

18　妖精ラウルのお願い

「美味しいです〜〜」

リムダさんが、なぜか泣きながら土竜のしっぽの肉を頬張っている。

「ご老体のしっぽを、ぼくなんかが〜〜」

まあ、竜にも色々あるのかもしれないけれど、美味しいなら、いいんじゃない？

それはともかく。問題は、オイラのお膳に乗って、ぐい呑みのお椀《わん》に爪楊枝《つまようじ》の箸でご飯を食べている輩《やから》のほうで。

『美味しいですねー。このおこげが何とも香ばしくて』

ああ、父ちゃんのコメカミがぴくぴくしてる。普通、妖精って昔ばなしとかの住人だからなぁ。

それが、お膳の上で普通にご飯を食べてる、と。

「ノア。もう一度聞くが、今日はどこに行ってたんだ？」

「えっとー。『妖精の森』？」

「俺の記憶が確かなら、『妖精の森』への入り口は、長い間失われてたはずだが……？」

「父ちゃん詳しいね」

本当は、無断で鉱石拾いに行っていた、ということで、こっぴどく怒るつもりだったんだろうけれど、ミスリルと土竜のしっぽ、さらに幻の妖精の登場で、怒るタイミングを逃したらしい。

「俺も昔は冒険者だったからな……『妖精の森』の入り口が発見されたのか？」

「それがねー。今日の受付のお姉さんの相談内容ってのが……」

オイラはあらましを説明する。

「つまりお前は、勇者さまに喧嘩《けんか》を売った、と……」

「え？　勇者さんには剣は売ったけど、喧嘩は売ってないよ？」

「上手いこと言ってる場合じゃ……って、なに？　勇者さまが、うちの鍛冶場に来たのか⁉」

「あれ、言ってなかったっけ？　何日か前に。【希少級】の剣が欲しい、って訪ねて来てくれたんだよ。だいぶオマケしたたし、ルンルンで帰ってってたよ」

「お前なぁ」

父ちゃんが眉間に指を当てる。

「それは、『打った』んじゃなくて、『売った』んだな？」

「もちろん。父ちゃんの剣だよぉ」

ヤだなぁ、父ちゃんの許可なく売り物の剣打ったりしないよお、と言うオイラを、父ちゃんが疑わしそうに見つめる。

心外だなぁ。確かに、無断で鉱石は拾って来ちゃったけれども。

「ところで、ノアさん。金平糖代がないから、妖精に宝石をもらった、って話ですけれど」

「うん、見る？」

リムダさんの言葉に、オイラはポポちゃんからもらった宝石を手ぬぐいの上に広げて見せる。

「綺麗ですね。妖精産の宝石は、質がいいから高く売れると聞いたことがあります。というか、ノアさん、お金ないんですか？」

「そりゃもちろん、うちに余分なお菓子を買えるようなお金はないよー」

今日のご飯にしたって、お米は田植えの手伝い賃にテリテおばさんにもらったもの。コンニャクはテリテおばさんに教わってオイラが作ったもの。シイタケは、ご近所さんのシイタケ農家の収穫の手伝いでもらった規格外品。ネギと味噌はマリル兄ちゃんが作ったもの。煮しめのしょう油とみりんだって、マーシャルおじさんが作ったものだ。

土竜のしっぽはオイラが取ってきたやつだし。

「勇者さんに、剣が売れたんですよね？」

「うん、本来なら【希少級】一本、一両銀五百枚のとこ。勇者割引で、一両銀二百枚で」

「まあ、元はノアが集めた鉱石と素材だから、材料費はロハだしな」

割引しすぎて怒られるかと思ったけれど、父ちゃんもそこのところはどうでもいいようだ。

「その前にも、一週間に一回くらいはお客さんが来るようになった、ってノアさん喜んでましたよね？」

リムダさんが何を言いたいのかが良く分からず、肉の串にかじり付きながら、ただ質問に答える。

「そうだねー。依頼に来てくれる人と、買ってってくれる人と半々くらいだね」

「陛下から、『金烏《ジンウ》』の代金ももらってましたよね？」

「金《きん》を合金に使うと、ツムジ石とかが見つけやすくなる、ってホントかなっ？」

思い出してキュピーンと目を光らせたオイラの頭を、父ちゃんがガシッと押さえる。

「まだまだお前は半人前だ。鉱石拾いに行く時間があるなら、打って打って打ちまくれ。暇があるなら『特殊合金』と『特殊付与』の感覚を掴むためのイメージトレーニングをしたほうがよほど有意義だ」

実はオイラが鍛冶場の前に小屋を立てて、店番なんかもするようになったのは、剣を打つ技術には及第点が出たからだ。そして、あとは自主練と『特殊合金』『特殊付与』のイメージトレーニングをしろ、と父ちゃんに言われたからでもある。

父ちゃんの相槌は主にリムダさんが務め、オイラは自分の剣を打つことが多くなった。オイラよりも力があって、火にも強いリムダさんが相槌を打てるようになって、オイラは邪魔になったんじゃないか、とちょっとだけ拗ねているのは秘密だ。

今日、父ちゃんにも内緒でお姉さんと一緒に『獣の森』へ出掛けたのは、父ちゃんへのちょっとした意趣返しだったりもする。

「わかってるよーだ」

ぶー、と下唇を突き出して言うオイラに、父ちゃんは苦笑する。

そんなオイラたちを横目に、リムダさんが番茶をすすって尋ねてくる。

「だからですね。ええっと。陛下からいただいた金《きん》は仕方ないとして、剣を売ったお金《かね》があるんじゃないんですか？」

「「は？」」

父ちゃんとオイラの声がハモった。

「そのお金で、食べ物とか金平糖を買えばいいのでは？」

父ちゃんとオイラが、顔を見合わせる。

「剣を売った金《かね》で、食べ物を買うだと……？」

「そんなの、思いつきもしなかった！」

「剣を売った金は、鍛冶の素材や炭を買うのに使うものとばかり……」

「オイラが集めきれなかった素材とか鉱石とかを買うんだと思ってた！」

「リムダ天才だなっ」

「リムダさんかしこいっ」

口々に褒めたたえるオイラと父ちゃんを、リムダさんが可哀想なものを見る目で見ている。

「火竜のぼくですら思いつくのに……」

首を振りながら、冷め切った味噌汁に口をつける。

そこまで黙々とご飯と味噌汁を食べていたラウルが、ツンツンとオイラを、爪楊枝でつついた。

「なに？」

『あの、梅干しってありませんか？　噂に聞いて、食べてみたくて』

「はいはい、梅干しねー」

オイラが土間の壺《つぼ》の中から梅干しを出してやると、ラウルは、自分の頭ほどの大きさのそれにかぶりつき、すっぱさに顔をキュッとさせた。ちなみに妖精は植物性のものなら普通に食べられるけれど、肉類はあまり食べないそうだ。

「そういえば聞き忘れてたけど、なんでラウルがここにいるの？」

『それはっ、もちろんノアさんのポケットに潜り込んで！』

口をとがらせ眉を寄せたすっぱい顔のまま、ラウルが答える。

「途中から姿を見なくなったと思ったら。どうする？『妖精の森』まで送ってく？」

『大丈夫です！　人間が「妖精の国」に行くのには「獣の森」の魔法陣を踏む必要がありますが、妖精でしたら、その辺の草陰からでも「妖精の国」に入れますから』

「『妖精の国』？『妖精の森』じゃなくて？」

『「妖精の森」は、「妖精の国」の、玄関みたいなものです。「妖精の国」は、もっとずっと広くて、人間のいる世界に重なっているというか。人間の目には見えませんが、そこにもここにも、「妖精の国」はあるんです』

リムダさんも妖精に関してはあまり詳しくないのか、箸をくわえたままフンフンと興味深げに聞いている。あんまりお行儀よくないよ？

「で、なんでオイラのポケットに？」

オイラがそう尋ねると、ラウルは、お膳の上にガバッと手をつき、頭を下げる。

……ほっぺたにご飯粒ついてるけど。

『「妖精の森」で、ノアさんの打った【特異級】を拝見しました！　なんて潔い速さ補整。その潔よさに惚《ほ》れました！　それで、是非、ノアさんに聞いてもらいたいお願いがあって、無断で前掛けに失礼し、こうやってノアさんの仕事場までお邪魔させていただきました！』

お願い？　なんだろう？　まさかリムダさんみたいに、弟子にしてくれ。とか？　まぁ、父ちゃんならともかく、オイラじゃありえないか。

オイラがそんなことを考えていると、父ちゃんが腕を組んでラウルに尋ねた。

「お願い、ってのは？」

『ノアさんに、是非！　僕らの作っている新しいダンジョンに、武器を提供して欲しいんです！』

「「はぃぃい？」」

ラウルのお願いは、想像の斜め上をいっていた。

19　ダンジョンの秘密

父ちゃんとオイラは目を丸くする。

「新しいダンジョンに？」

「武器を提供？　どういうこと？」

リムダさんは、ダンジョン自体行ったことがないのか、キョトンとしている。

『ノアさんは、ダンジョンに行ったことがありますか？』

顔をあげたラウルが、オイラを振り返って尋ねる。

「うん。何回かね。ダンジョンの特徴は、①魔物がいること。②宝箱があること。③ダンジョンにしかいない魔物がいること。④ダンジョンの魔物は狩らないでいると飽和状態になって外まで出てきちゃうから、討伐依頼がよく出されること。って感じ？」

『おおむねその通りです。では、ダンジョンて、何だと思いますか？』

ラウルの言葉に、父ちゃんが眉を寄せ、リムダさんがほやんと首を傾げる。

「ダンジョンはダンジョンだろ？」

「特に考えたことなかったですねぇ」

リムダさんも、行ったことはなくても、ダンジョンの知識はあるようだ。

「んー、オイラが前に聞いた話だと、ダンジョン自体が巨大な魔獣で、人間をおびき寄せて食べるために色々なエサを用意している、ってのがあったなぁ」

「うわ、怖いですね」

リムダさんがぷるぷると肩を丸める。

『うーん。間違っては、いないかもですねぇ』

ラウルが片眉を上げながら、あぐらをかいて腕を組んだ。

「え？」

『ダンジョンを運営しているのは、僕たちノッカーなんです』

「「「はぁっ？」」」

珍しく、オイラと父ちゃん、リムダさんの声がハモった。

『僕たちは、土の妖精なんです。僕の家族も、みんな優秀な鉱夫でして……そして、ノッカーには特別なユニークスキルが現れることがあります。それが、「ダンジョン創造」。土の中に、ダンジョンを作る能力です』

「ダンジョン創造……」

「あ、とは言っても、ノッカーなら誰でもユニークスキルを持っているわけじゃありません。特別な個体だけ……具体的に言うと、今、「ダンジョン創造」を持っているノッカーは、この大陸でも二十人くらいです』

「二十？　大陸にあるダンジョンの数より少なくないか？」

父ちゃんが首を傾げる。

「それとも、一人のノッカーが、何個もダンジョンを創れるのか？」

「いいえ」

ラウルは、悲しそうに首を振った。

『中には、野良《のら》ダンジョンもあります』

「野良？」

『主《あるじ》たるノッカーが死んでしまった場合、そのダンジョンは野良ダンジョンになります。ノアさんがさっき言ったのがそれですね。自分で意思を持ち、魔獣を産み出し、宝を産み出し、人間をおびき寄せて力を吸収する、巨大な魔獣のようなダンジョンになるんです』

「……」

「えーと、理解が追いつかない？　っていうか」

眉間にしわを寄せて黙り込んでしまった父ちゃんの代わりに、ラウルに尋ねる。

『すみません、最初から説明しますね。僕たちノッカーは、ダンジョンを作り、色々な工夫をして人間を呼び集めます。その理由は、人間の力をもらうためです。ダンジョンの中で人間が消費した力は、ダンジョンに吸収されます。魔獣と戦ったり、怒ったり、興奮したり。気、って言うんですかね。別に死んでもらう必要はないんですよ？　ダンジョンに染み込んだ人の気は、ろ過され濃縮され昇華して、粒になります』

ラウルは、懐からえんじ色の、グミのような小さな粒々を出して見せた。

『これ――ダンジョンベリーが、僕らの通貨で、なくてはならないものなんです』

「通貨、って、お金!?　銀とか金じゃなくて？」

目を丸くするオイラに、ラウルはフフンと得意そうに笑った。

『僕らは鉱夫なので、金や銀、宝石なんかでしたら、大して苦労せずにいつでも掘り出せます』

「さすが土の妖精」

『つまりですね。ノッカーがダンジョンを作り、ダンジョンベリーを作り出します。妖精たちは、そのダンジョン運営に協力して、お礼にダンジョンベリーを受け取ります。それがそのままお金になっているわけですね』

「鍛冶には……」

『使えないと思います』

「なんだぁ」

ガッカリしたオイラを、リムダさんが残念なものを見る目で見ている。

『それで、なぜノッカーがダンジョンベリーを必要とするか、というと』

「え？　お金だからじゃないの？」

『違います』

ラウルは真剣な顔で首を横に振った。

『ユニークスキルを持つ特別な個体。ダンジョンマスターと呼ばれますが、そのノッカーたちは、総じて体が弱く短命なんです。そのダンジョンマスターを永《なが》らえさせる唯一の特効薬が、このダンジョンベリーなんです。さらに、ユニークスキルを持つノッカーは、特殊な力を持つためか、邪妖《じゃよう》精《せい》に狙われることが多くて……つまり僕らは、ダンジョンマスターを守るためにダンジョンに強い魔物を揃え、また、人間を集めることで、邪妖精がノッカーの元に辿り着かないようにしているわけなんです』

「邪妖精って？」

聞いたことのない単語に、オイラは首を傾げる。

『人間は知らないと思います。なんていうか……僕もうまく説明出来ないんですが、僕たち妖精を食べる、妖精みたいな生き物がいるんです。どこに住んでいるのか、どうやって産まれるのかも分からないんですが』

ラウルは怖そうに首をすくめて、辺りを見回した。

『ダンジョンに魔獣や色々な宝を置いて人間に来てもらうわけですが、もちろん問題もあります。僕たちノッカーは、宝石や貴金属を用意するのはお茶の子さいさいですが、ダンジョンの宝箱って、それだけじゃないですよね？』

「ダンジョンの宝箱から出るのは、宝石に武器、防具、宝飾品、ポーション系、時々魔道具？」

オイラが指折り数えながら言うと、ラウルは大きく頷いた。

『どれも僕たちノッカーだけでは用意出来ないものばかりです。それで、武器や防具はドワーフに、ポーション系はフェアリーなど草花の妖精に、宝飾品はレプラコーンに、魔道具はグレムリンに、それぞれ依頼するわけです』

「レプラコーンって、虹《にじ》の根っこにいる、っていう？」

「虹の根っこには、レプラコーンの金の壺が埋まっている、ってのは有名な昔ばなしだな」

父ちゃんまで懐かしそうに頷いている。そういえばレプラコーンのお話は、母ちゃんに聞いたんだった。

『本業は靴職人なんですが、頼めば宝飾品も作ってくれて、人間の彫金師《ちょうきんし》も真っ青な腕前ですよ。僕が「妖精の森」にいたのは、あそこを治めるポポル様に、新しくダンジョンを作るご挨拶と、ご協力のお願いに伺っていたからです』

「あー、だから『妖精の森』にいた他の妖精と、ラウルは雰囲気が違ったのか」

なるほど、と頷くオイラに、ラウルが付け足す。

『「妖精の森」に住んでいるのは、主に草花のフェアリーですね。ダンジョンベリーの他にも、宝石類とポーションを交換してもらえるので、まだダンジョンベリーの持ち合わせの少ない僕らは助かっています』

ということは、オイラがポポちゃんに金平糖代にもらった宝石は、元々はラウルたちノッカーが掘り出したもので、ポーションと交換したものだ、と。

「つまり、ダンジョンの宝箱から出てくる宝は全部妖精が作ったもの、ってことですか？　それは高値で売れるわけですね」

一般に、ダンジョン産の宝石は質がいいと言われ、普通の宝石より高値で売れるそうだ。宝石の大元締めみたいな土の妖精が用意しているなら、質がいいのも当然だろう。

ところが、ラウルは首を横に振った。

『いいえ。ダンジョンの宝は、妖精が作ったものが多いのは間違いありませんが、それだけじゃありません。人間の協力者に頼んで、人間の国で仕入れてもらったものも、結構あります』

「人間の協力者だと⁉」

「妖精のダンジョンに品物をおろしている人間がいるんですか⁉」

思いもしない言葉に、父ちゃんとリムダさんが驚きの声を上げる。

ラウルは、口元を曲げて、ちょっと悩んだ様子だったけれど、うん、とひとつ頷いた。

『ここまで言ったんです。本当は秘密なんですけれど、言っちゃいましょう。ブラウニーという、人間の家に住み着く妖精がいます。この妖精は、人知れず人間のお手伝いをしたりする働き者なんですが、ひとつ、困ったクセがあるんです。たまに、気に入った家の子どもと、自分の子どもを取り換えるんですよ』

「えっ⁉　人間の子どもと、妖精を⁉」

『気に入った子どもと、そっくりに化けられるのがミソですね。取り換えられた子どもは、五年ほど妖精の国で育てられて帰されるんですが、その後も妖精を見ることが出来て、妖精の協力者となってくれることが多いんですよ』

「突っ込みどころが……」

父ちゃんがさらに眉間にしわを寄せている。なんだか妖精は人と感覚が違うみたいだから、妖精的にはいたずらの範疇《はんちゅう》なのかもしれない。オイラたちからすると、取り換えられる人間の子どもも妖精の子どもも、たまったものじゃあないと思うんだけどなぁ。

『僕にも、人間の協力者がいます。アルフっていうんですよ。妖精の国にいた頃からの、僕の幼馴《おさな》染《じみ》で。ノアさんが協力してくれるんでしたら、アルフが剣の仕入れに来てくれると思います』

「ん？　そういえば、ダンジョンに協力してくれ、って話だったっけ？」

あんまりにも意外なことを聞かされ続けて、すっかり忘れてた。

『そうです！　ダンジョン武器の醍醐味《だいごみ》と言ったら、【特異級】のロマン武器！　ノアさんの打った剣は、僕の理想ピッタリでした！』

オイラは、そろーーーっと父ちゃんを見る。父ちゃんは眉間にしわを寄せていた。

「ノア、お前、あの未熟な剣を人様に売ったのか？」

だーっ、やっぱり想像した通りのセリフ！

「と、言いたいところだが。ここまで気に入ってくれてるんだ。ダンジョンの宝箱なら、多少ハズレがあっても構わんだろ」

「オイラの剣、ハズレ扱い……」

るーーーっと涙を流しているオイラの横で、ラウルが父ちゃんの手を取ってお礼を言っていた。

『ありがとうございます！　ノアさんの剣に恥じない、立派なダンジョンにしますからっ』

それからラウルは、オイラにもニコニコとお礼を言うと帰って行った。十個の梅干しを背負って。

妖精って、思ってたのとちょっと違う……と思ったオイラだった。

20　黒モフの思い出

はるかな、はるかな昔。

まだ世界は混沌《こんとん》としていて、天も地もなく、海も大地もなく、ただどろどろとしたものが果てなくあった。

そんな中、一柱の神が混沌から産まれた。それからさらに、四柱の神が産まれた。けれど、これらの神々は産まれてすぐに隠れてしまった。

五柱の神々は、個にして完璧であった。そのため、何かを産み出すことは不得手であった。

次に、男と女の神が、一柱ずつ産まれた。

この二柱の神は、互いに欠けたものを持ち、互いに補い合うことで神として完璧となっていた。

そして、個としては完璧ではないために、産み出すことに長けていた。

五柱の神々は命じる。

『創造を』と。

二柱の神は結婚し、万物の創造を始めた。

ところが、最初に産まれたのは、ぐにゃぐにゃとしていて、形を成さず意思も持たない子どもだった。男神と女神は、その子を混沌に流した。

しかし何度子を産んでも、産まれるのは形を成さない子ばかりだった。男神と女神は、最初に産まれた五柱の神々に相談し、結婚をやり直した。

そして、大地が産まれ、空が産まれ、海が産まれ、多くの神々が産まれた。男神と女神が産んだ大地には、多くの生き物が湧き、天の神とは異なる、土着の神々も湧いた。

多くを産んだ女神は力尽き死の神となり、男神は悲しみのあまり深い眠りについた。

大地に人があふれ、人は力を増し、人はおごった。他の生物をないがしろにし、世界そのものを滅ぼさんとした。

神々は怒り、人と、他の生き物をごちゃまぜにした。

そうして人は獣と混ざり、この世から獣の血を持たない人間はいなくなった。

これが、この世界に伝わる、神産みの伝説。

人が、神が、産まれた理由。

では、神になれなかった神は？

男神と女神の最初の子。

流された子どもたちは……


「チギラモグラだっ！」

「早く、早く斬れっ」

「逃がすなっ！」

「経験値のかたまりっ」

いつから、さまよっていたんだろう。

いつから、攻撃されるようになったんだろう。

小さな黒いモヤモヤとしたものが岩陰で、そんなことを思いながら身を震わせていた。

自分が何なのかも分からない。ただ、魔獣も獣も人間も、生き物全てが、自分を見ると攻撃してくる。

興奮して。楽しそうに。

攻撃されても、大抵は逃げることが出来る。

逃げられなくても、この身はいったん散るけれど、いつの間にか再生して、元の黒いモヤモヤとした形に戻っている。

攻撃した相手は、霧散する自分を、やっつけた、と思っているのかもしれないけれど。

なんで、死なないのか。

なんで、再生するのか。

自分は、なんなのか。

他の生き物とは違うのか。

そんなことは分からない。分かっているのは、誰も彼もが、なぜか自分を殺したいんだということと、いくら再生するとはいっても、攻撃されるのは怖いということ。

だから、いつも隠れて過ごしている。

他の生き物のように、何かを食べる必要も、水を飲む必要もなかった。ただ、目立たないように、小さくなって、ただ時が過ぎるのを待っている。

それでも、魔獣に見つかることはあるし、人間に見つかることもある。

「いたぞ！　そっちの岩陰だ！」

とっさに出せるスピードは、たぶんどんな魔獣よりも人間よりも速いけれど、それはほんの一瞬で、普段の自分はふよふよと頼りなく辺りを漂っている。

不意打ちされれば、どんなに弱い魔獣の一撃でも、自分はあっけなく砕け散る。

いる、と言われた岩陰から、一生懸命に遠ざかる。全力のスピードは、ほんのさっき使ったばかりだ。まだ、しばらくは使えない。

「いたか？」

「静かにしろ、馬鹿！　チギラモグラ一匹倒せれば、Aランクにだって手が届く。ここ一週間『無限の荒野』に張り込んで、使ったポーションの元だって取れるってもんだ」

「皮算用してる場合かっ」

ふよふよと移動した先に、人間の男が立ちはだかった。左手には岩。右と後ろにも、人間の男。

下へ？　上へ？

迷った一瞬の間に、前にいた男が、大きな剣を振りかぶった。

ああ、また散るのか。

そう思った瞬間、目の前の人間の男が、飛び込んできた灰色の影と共に横っ飛びに吹っ飛んだ。

灰色の獣が、くわえた男を振り回す。ブチブチと服が千切れ、男は岩壁に衝突した。

その男に、栓をくわえて引き抜いたポーションをふりかけつつ、弓矢を持った男がわめく。

「岩オオカミだっ！　こいつもチギラモグラを狙ってるのかっ」

「弓だっ、目を狙え！」

「しっかりしろ！　立て！」

男たちの意識が魔獣へ向いた隙に、ゆっくりとその場を離れる。

しかしその先に、もう一頭の岩オオカミがいた。

よだれを飛ばした岩オオカミの牙が、もやもやとした体をかすった。

オオカミ系の魔獣は、オスメスのつがいを中心とした群れで行動する。

一頭が人間をひきつけ、残りのオオカミが自分を狩る作戦だろうか。

じりじりと後退する体が、何かにぽすっと当たった。見上げたそれは、杖を持った人間の男の背中だった。

男が振り向き、杖が振り下ろされるのが、なぜかゆっくりと見えた。

「やったぞ！　チギラモグラをやった！」

「すげえ！　このレベルなら、岩オオカミだって怖かぁねぇ！」

「高級ポーション分、稼がせてもらうぜ」

人間たちの歓声が、遠く聞こえる。それに重なって、オオカミたちの唸《うな》り声。

攻撃をしてきたのが、杖を持った人間だったのが幸いした。体の大部分は霧散したものの、体の芯《しん》から少しずれていたおかげで、ほんの小さな固まりに、意識を残すことが出来た。ちょうど最高スピードが回復し、一瞬のうちにその場を離れた。

でも、本当に、それが幸いだったのか。

また、隠れて。誰かに追われて。

怖い。

怖いよ。

「あれ？」

誰もいないと思った岩陰に移動したはずなのに、人間に見つかった。

最高スピードは使ってしまったばかり。ましてこの小さくなった体では、ほんの少し棒切れがかすっただけでも、自分は霧散してしまうだろう。

「なんだこれ？　生きてる？」

逃げることも忘れて固まった自分を、小さな手がひょいと掴んだ。

「んー？　おびえてる？　お腹空いてるのかな？」

人間は、腰に結び付けていた包みを、ガサゴソと開いた。

「オイラの弁当だけど、食べる？」

差し出されたのは、白い粒々を丸く握ったもので。黒い葉っぱが巻いてある。

なんだろう？　いいにおいがする。

クンクンしていると、地面に下ろされた。そのすぐ前に、手のひらに載せられた、白いかたまり。

「食べる？」

食べる？

食べるって？

見たことある。魔獣とか、人間とか。他の何かを、体の中に取り込むことだ。

もぐっ、と。

どこが口なのか、自分も何かが食べられるのか、とか、考えたこともなかったけれど、体中のもやもやを使って白い塊を包む。

何かが、体に染みわたっていく。

それからはただもう夢中で、手のひらの白いかたまりにまとわりつく。

「そんなにお腹空いてたの？　あーあ、オイラの弁当ぜんぶなくなっちゃったよ」

ちいさな手に、再びつまみ上げられる。持ち上げられたその下には、まぶしそうに片目を細める、幼い顔があった。

「うーん。何の生き物だろ？　まあいいや。弁当なくなっちゃったから、オイラもう帰るし」

ふわっ、と地面に置かれる。子どもはバイバイ、と手を振った。

え、行っちゃうの？

さっきの白いものはなに？

攻撃しないの？

ぼく、チギラモグラだよ？

そっちには、さっき魔獣がいたよ。危ないよ。

「あれ？　ひょっとして、ついてきてる？」

歩き出そうとした子どもが振り返る。

「んー、まあ、エサやっちゃったからなぁ。しょうがないっか」

ひょいっと顔の前まで持ち上げられる。

「オイラは、ノア。お前は……お前は、そうだ、黒モフにしよう！」

子どもの、いや、ノアの笑顔がはじけた。

その瞬間。

ながい、ながい間、ただもやもやとした、神の出来損ないの力の破片であった体が、自分の認識と、『黒モフ』という名前によって収束し、一個の確たる存在へと変化していくのを感じた。

魔獣・チギラモグラ。

名前・黒モフ。

特技・レベルをあげること。

特徴・もふもふ。

好物・ごはん。

この世で唯一の、ユニークモンスター。それがぼくだ。

さらに、ノアから力が流れ込んでくる。1レベル分の、ノアの生きてきた経験が、ぼくの中に。

ノアは気付いてもいないのか、ぼくを前掛けの懐に突っ込むと、少し笑って走り出した。

それは、人間の子どもにしては有り得ないほどのスピードだったけれど、最早そんなことはどうでも良く、ぼくは眠ってしまった。

ただ、何にもおびえなくていいことが。

ただ、ただ、何ともいえない感情となって。

ひとしずくの涙となって零れ落ちた。

21　タヌキのひとり言

俺は、誇り高きマンティコア。

名はない。

『竜の棲む山脈』に産まれて五年。若手でナンバーワンと言われる実力にまでなった。

古株連中にはまだまだ敵わないものの、同世代で俺に喧嘩を売ってくる奴はほぼいなくなった。

目下の俺のライバルは、グリフォンの若手ナンバーワンのメスくらいだ。

マンティコアというのは、サソリの尾を持つ獅子《しし》の魔獣だ。サソリの毒、獅子の牙、爪、肉体の強靭《きょうじん》さ。それに、使えるマンティコアは少数だが、『変化《へんげ》』というスキルで、何種類かの他の生き物に化けることも出来る。

マンティコアの一番の好物は人間だ。人間に近づくには、人間や、小動物に化けるのが手っ取り早い。

けれど、『竜の棲む山脈』へやって来る人間はほとんどいない。

魔獣が、『魔物の領域』の外に出るには、色々な制約がある。

結局、まだ人間を食べたことはないのが、一番の不満だ。

そんなとき、『竜の棲む山脈』に、人間がやってきた。それも、柔らかそうな人間の子どもだ。

少し、食いでが少ないか。

いやいや、せっかく向こうからやってきてくれたご馳走だ。こんな子どもなら、わざわざスキルを使って化ける必要はないだろう。マンティコアのこの姿を見せて、ひと声吠《ほ》えてやれば、腰を抜かして気絶するはずだと。

俺は子どもの前に悠々と姿を現した。

……何が起きた？

余裕で勝てる、いや、食えるはずの相手だった。俺のほうが、圧倒的に強かったはずだ。

それなのに、子どもは、俺を恐れなかった。

俺の爪をかわせても、反対側から、長く伸びたサソリの尾で獲物を仕留めるはずだった。

けれど――

ギャリィィンっ！

耳障りな音を立てて、子どもの剣が砕け散った。それはいい。俺に挑めば当然のことだ。

ところが、子どもの剣と同時に、俺の尾の針も折れていた。

折れた針を、子どもの小さな手が掴む。マンティコアの針には毒があるけれど、手袋越しに掴んだだけでは、体に毒は回らない。

悔しさに歯噛みする。

よく見れば、子どもの背負った荷物には、何本もの剣があった。

油断していたとはいえ、俺の針を折ったんだ。再び剣を抜き、切りかかってくるに違いない……

俺は鼻にしわを寄せ、威嚇の唸りを上げながら、子どもの攻撃を見切ろうと身構えた。

そのとたん、子どもは脇目もふらずに一目散に逃げ去った。

「ガ？」

目が点になった。

あまりに想定外のことに、追撃することも出来なかった。

なんだ今のは。

いや、そもそもあの子どものスピードはどういうことだ？

夢か？　とも思ったが、俺の針は折れたまま。

呆然《ぼうぜん》とする俺の周りに、他のマンティコアや、グリフォンたちが集まってきた。

なんという不覚。誇り高き俺が、こんなざまを、他の魔獣に見られていたなんて。俺がライバルと目《もく》していたグリフォンのメスなんて、あからさまに鼻で笑っていやがる。

今度、今度あの子どもを見たら。八つ裂きにしても飽き足らない。

ところが、俺があの子どもを見つけられないうちに、何頭かの魔獣が、子どもと戦ったらしい。

その全員が、俺と同じように子どもをなめて襲いかかり、同じように体の一部、針や羽、爪を取られたという。その中には、俺を鼻で笑ったグリフォンのメスもいた。

子どもは、毎日のように『竜の棲む山脈』にやって来るようだ。向こうから魔獣にちょっかいをかけることはなく、いつも地面に落ちている石をひっくり返したり拾ったりしている。魔獣からちょっかいをかけると、攻撃をよけながら、針や羽を取り、一目散に逃げていく。

大した攻撃力もないくせに、『竜の棲む山脈』に出入りしていて、無傷。

次に俺が子どもを見つけたとき、子どもは、明らかに場慣れして、強くなっていた。油断もなく、万全の状態で襲ったはずの俺が、今度は爪を取られて逃げられた。

聞いた話では、グリフォンやマンティコアだけでなく、亜竜と戦っても無傷で生き残っているらしい。

俺は、子どもを子どもだと侮《あなど》ることをやめた。

あの子どもを仕留めるには、竜並みに強くならなくては。グリフォンやマンティコアの中でのドングリの背比べなんぞ抜け出して、亜竜にも積極的に喧嘩を吹っ掛け、自身を鍛え上げていった。

そうこうする内に、子どもと最初に会ってから四年の月日が経った。

鍛え上げたこの俺は、古株連中も差し置いて、マンティコアの中で最強になっていた。亜竜とも五分五分の戦いが出来るまでになった。

それなのに、見かけるたびに子どもに挑みかかるものの、やはり牙や針を取られて逃げられる。

なぜだ？

子どもの攻撃力は、俺の手足にかすり傷さえつけられない。俺の爪は、子どもの持つ剣を何度も砕いた。俺の尾は、何度も子どもを仕留めそうになった。

それなのに。

まだ、鍛錬が足りないのか。亜竜だけでは足りない。俺は、火竜にまで勝負を挑むようになっていった。

ところが、ある日を境に、パタッと子どもが、『竜の棲む山脈』に来なくなってしまった。

なぜだ？　俺はお前を食うために、毎日毎日死ぬ思いで鍛えてきたのに。

子どもが来なくなって、何か月かが過ぎた頃、俺は子どもの噂を聞いた。

『竜の棲む山脈』のふもとにある人間の街で、鍛冶屋の修業をしている、というのだ。

鍛冶屋？　剣を作る仕事？

なんだそれは。

そんなもののために、子どもはここに来なくなったというのか。

俺は、禁を犯す覚悟を決めた。

あの子どもと戦うためなら、『魔物の領域』の外にだって出てやろう。

魔獣が、『魔物の領域』の外に出ない理由は、いくつかある。
①『魔物の領域』の外は魔素が薄いため、魔獣はだんだんと弱くなっていく。
②『魔物の領域』の外にいる魔獣は、人間が目の敵にして攻撃してくる。
③『魔物の領域』の外に出た魔獣は『はぐれ』と呼ばれ、元々棲んでいた『魔物の領域』の群れに戻ることが出来なくなる。
特に、魔獣は強さを重視するので、自分が弱くなる『魔物の領域』の外にはあまり出たがらない。

ただ、①～③の理由の通り、魔獣が『魔物の領域』内に留まるのは消極的な理由が主で、絶対に出られない、というわけでもない。

獣にもよくあるように、群れ内の近親婚を避《さ》けるために、メスは群れに残り、若いオスは群れを追われることもある。

一度『魔物の領域』を出た魔獣が他の『魔物の領域』の群れに入るには、そこのボスを倒し、取って代わるほどの実力が必要となるので、弱いままに人間に狩られ、散っていく個体が大多数なんだと聞いた。

けれど、俺に迷いはなかった。

俺も、ずいぶんと強くなったはずだ。今度こそ、あの子どもと決着をつけてやる。

「うわっ、びっくりした！」

子どもの住む家は、案外簡単に分かった。本当に、『魔物の領域』のすぐ側、『無限の荒野』の一歩外だった。

「何コレ、もふもふ……いや、もこもこ？　黒モフ、じゃないよねぇ」

子ども、いや、もうだいぶ大きくなったから、坊主か？　その家を突き止めると、ちょうど風呂《ふろ》に入っているところだった。いくらなんでも、素っ裸のところを不意打ちするのは気が引ける。そこで、坊主の脱いだ服の上に丸くなって待つことにした。

坊主の家の風呂は、母屋《おもや》とつながってはいるものの、脱衣所には外から簡単に入り込めた。『魔物の領域』の外に出るのに、マンティコアの姿では目立ちすぎるので、俺は二キロほどの、小柄な猫に化けていた。

「服の色と完全に馴染んでて気付かなかった。茶色と黒のまだら？　変わった柄の猫だなぁ」

風呂の蒸気と、薪を燃やす暖かさのせいもあり、柔らかい服の上でついうとうとしていると、ひょいっ、と抱き上げられた。

「んにっ？」

柔らかな腕に抱きしめられる。

……坊主？　坊主がでかい？　いくら成長したといっても……

いつも見下ろしていた坊主に見下ろされて、寝ぼけていた俺は少し固まった。

それが全ての間違いだった。

「うーん、そうだ！　タヌキ、タヌキにしよう！　本物の狸《たぬき》とはちょっと柄が違うけど、もうタヌキ以外に思いつかない！」

ビシッ！　と、体の中に衝撃が走った。

自分の中が、書き換えられていく。坊主の中から、俺の中に何かが流れ込んでくる。

経験したことのない衝撃に、なす術《すべ》もなく抱かれたままになっていると、坊主が俺を抱いたまま母屋に入って行く。

「父ちゃーーん。風呂場に猫がいてさー。最近ネズミも増えてきたし、飼っていいー？」

飼う？

飼うって、俺を？

抵抗すべく体に力を入れようとした瞬間、背筋に悪寒《おかん》が走った。

「ミギャッ!!　ミギャヤヤァァァアアアアアアアッッッッッ!!」

「どうした、その猫、イキナリ毛ぇ膨らませて。しっぽも倍くらいになってるぞ」

母屋の中には、二人の人間――いや、一人の人間と人型の化け物がいた。

坊主っ、坊主！

のんびりした顔をして茶ぁ飲んでるが、ありゃあ火竜だぞ！

それも、火竜の中でも五指に入る、霊獣格の高位火竜だ！

俺ら魔獣や人間とは格が違う！

慌てて逃げようとするも、坊主の腕は意外と力強く俺を抱きしめていて逃げられない。

「フシャァァァァアアッッッッ！」

「あー、ひょっとして、ぼくが怖いんですかねぇ」

必死に猫のまま威嚇していると、火竜がのほほんと頬を掻いた。

「大丈夫だよー。リムダさんは、火竜だけど、怖くないからねー」

怖くない火竜だと？　そんなものがいるわけ……

「そうだ、お腹空いてない？　猫まんまだけど、すぐ作るから」

木の椀に載せた白い粒々に、木の削りクズのような、いい匂いのする欠片がパラパラと振りかけられる。

「あれ？　黒モフも食べるの？　さっき食べたじゃん」

火竜に、マンティコアだと悟られるわけにはいかない。懸命《けんめい》に猫のふりをしつつ、何だか黒いもふもふとしたものと一緒に、出されたものを咀嚼する。

ん？

んん？

「猫といったらこたつだろ。こたつ出そうぜ、ノア」

「父ちゃんが出して欲しいだけだろ？　こたつ出すと、酒飲んでそのまま寝ちゃうからなー」

ぶつぶつ言いながらも、坊主が四角い机の下に炭を入れ、布団をかぶせる。

「ほら、猫、猫、こっち来い」

仕方なく、俺は父ちゃんとかいう親父に呼ばれるまま、こたつというものの中に入る。

ん？

んんん？

「こたつとくりゃあ、どぶろくだな。ノアー、スルメ焼けや」

「もう足しか残ってないかんねー」

親父が何かをちびちびと舐め始める。覗き込んでいると、親父と目が合った。

「なんだ、お前、いけるクチか？」

親父が、小皿に白く濁った水を入れて、俺の前に置く。

なんだこれは？

乳か何かか？

「んに？」

ん？

んんんん？

「ノア、おるかー？　少し時間が出来たのでな、付き合うがよい」

「……!!」

「エスティ？　もうお風呂入っちゃったんだけどなー」

「もう一度入ればよかろう？　荒野が我らを待っておるぞ」

「えー」

突然現れた赤い髪の女が、坊主の襟首を掴んでずりずりと引きずっていく。

あ、あれは。

あれはあれはあれは――まさか火竜女王⁉

「おい、猫が目ん玉ひんむいて毛ぇ逆立てて固まってんぞ？」

「あー、大丈夫だよ、タヌキ。すぐ裏の荒野にいるからねー」

頬の肉が、ぴくぴくと痙攣《けいれん》する。逆立ったしっぽが、ピンと立ったまま固まっている。

砕けそうになる腰を叱咤《しった》して、何とか向かった先の荒野で、俺が見たものは。

坊主に、俺の爪が届かなかった理由が、嫌というほど分かった。


……猫まんまサイコー。

こたつサイコー。

どぶろくサイコー。

俺は、誇り高きマンティコア。

坊主と決着をつけるため、魔獣の禁を破ってここに来た。

「タヌキー、黒モフー、ご飯だよー」

「んにー♡」

猫の人生も、悪くない。

22　ミミおばさんの依頼①

「あれ？　この依頼、ミミおばさんからだ」

例のごとく、冒険者ギルドの壁に貼られた依頼の紙を見ていると、見知った名前を見つけた。


【至急】

海のオパールと呼ばれる、黒珊瑚《くろさんご》を求めています。

大きさは三センチ以上。

報酬は、一両銀200枚以上、大きさによって応相談。

クヌギ屋・ミミ

「至急ってことは、何か困ってるのかな？」

依頼の紙を手に、受付へ行って詳細を聞いてみる。

ミミおばさん、というのは、クヌギ屋という魔道具屋の女将《おかみ》で、王都でも指折りの大商人《おおあきんど》だ。何度か、うちにも遊びに来たことがある。確か、魔道具なら灯りから生活用具、武具のこしらえまで幅広く扱っていたはず。

……紹介したら、ラウルが喜ぶかもしれない。でも、普通にお店で買えるようなものだと、ダンジョンには置けないのかな？

「ねー、お姉さん。この依頼なんだけど」

「ノノノノノアさんっ！　ずいぶんご無沙汰でしたねっ」

声をかけただけなのに、なぜか挙動不審で裏返った声が返ってくる。この前一緒に出かけてから、お姉さんの言動が変だ。吊り橋効果はまだ続いているのか。

「こっ、こここれはですねっ。クヌギ屋さんのおかみさんからの依頼ですねっ。ランクは指定されていませんっ。黒珊瑚は、滅多に出回らない幻の宝石ですからっ。鉱石の一種なのか珊瑚《さんご》の一種なのかも分かっていませんし、遺跡から発掘されたり漁師の網に引っかかったのが極稀に発見されたりするくらいで、ダンジョンからも産出されないので、収集依頼というよりは、既に所持されている方に向けた応募になっていますっ。もし持っていらっしゃったら、直接クヌギ屋まで届けて欲しい、とのことですっ」

「それは分かったけど、大丈夫？　顔、赤いよ？」

「だっ、だだだだだ大丈夫ですっ」

「直接クヌギ屋に届けて欲しい、って、それ、依頼達成扱いになるの？」

「それはもちろんっ。クヌギ屋さんから、ギルドのほうに連絡が来ることになっていますからっ」

息まで荒くなってきたお姉さんに、本当に風邪かな？　と心配になる。

「あんまり無理しないで、帰って寝たほうがいいんじゃない？　そういえば、勇者さんは……」

そこまで言ったところで、お姉さんがオイラの襟元をガシッと掴み、辺りをキョロキョロと見回してから顔を寄せてくる。

「それがですね。ノアさんのおっしゃった通り、勇者さまも、『妖精の森』に入れなくなってしまったようで。なんと、スキュラが勇者さま対策をバッチリしていたそうですよ！　人間への対策をしてくる魔獣なんて聞いたこともありません！　勇者さまと、勇者さまの連れて行った冒険者、総がかりでもスキュラを倒せなかったそうで……！　今、勇者さまもギルド上層部も、ものすっごい不機嫌なんです」

「ふーん。そうなんだ」

「……口元がニヤついてますよ？　さてはノアさん、何かしました？」

「べつにー」

目をそらすオイラの口元は、笑みをこらえきれずニヨニヨしていることだろう。

そっかー。

ラウルはうまいことゴーグルとマスク作れたんだ。

「ところで、ノアさん、黒珊瑚のあてがあるんですか？　さっきも言いましたが、『海のダンジョン』からも、黒珊瑚が見つかったっていう報告はありませんよ？　冒険者にとって最も入手の難しい宝石です」

ダンジョンにも色々あって、『灼熱《しゃくねつ》のダンジョン』や『荒野のダンジョン』、『暗闇のダンジョン』などダンジョンごとに様々な特色がある。

「うーん、ちょっとね。ミミおばさんが困ってるなら、少し無理してでも、何とかしようかなー、と」

「クヌギ屋のおかみさんをご存知なんですか？」

「ララ婆の娘だからねー」

「ええっ!?」

なぜかビックリしているお姉さんは置いといて、オイラは黒珊瑚を入手する手順を考え始めた。


「ミミおばさーん、いるーー？」

ミミおばさんのクヌギ屋は、王都で最も繁華な大通りにある。

デントコーン王国でも最近は外国風の建物も多くなったけれど、由緒ある大店《おおだな》が並んだその通りは、昔ながらの白い土壁に瓦葺《かわらぶ》きの波が続いている。そして表通りからは見えないけれど、裏に回れば今度は黒々とした土蔵が列をなす。

オイラが住んでいる辺りは茅葺《かやぶ》き屋根が多く、手習い処のあった裏長屋は板葺《いたぶ》き屋根が多かった。

火事に弱い紙と木の家が多い王都の中で、火の粉が舞い落ちても燃えることのない瓦葺きは全王都民の憧れだ。歩いている人も、手代《てだい》（商家の奉公人のこと）を連れた旦那《だんな》衆や女中を連れた女将さん、お使いの小僧さんや身なりのいい人が多くて、鍛冶屋の前掛け姿のオイラは浮いている感じがしなくもない。

とは言っても、これがオイラの一張羅《いっちょうら》だから、気にしてもしょうがない。

「ミミおばさーんっ！」

クヌギ屋の前で声を張り上げると、店の前を掃いていた小僧さんが目をむいた。中からも、何人もの手代さんやら番頭さんやらが凄い形相《ぎょうそう》で走り出てくる。

「おっ、お客さんっ！　困りますよっ」

「え？」

「うっ、うちのおかみさんに、そんな！　お、おおおおオバサンだなんて」

ああ、そうか。ミミおばさんも、ルル婆ララ婆と同じタイプだった。オバサンとか呼ぶ輩《やから》は殴り倒す。

「もし、おかみさんに聞こえたら……！」

こわごわとお店の中を振り返った番頭さんの顔が、音を立てて引きつった。この世の終わりとばかりに青ざめた顔からは、生気が抜けている。

「これで、これで、一週間はダメだ……」

「売り上げが、売り上げが落ちる……」

「お客さんが寄り付かなくなっちまう……」

さめざめと泣き始めた手代さんの後ろには、どす黒いオーラをまとったミミおばさんが立っていた。片手に、どこかで見たような巻紙を持っている。

黒襟《くろえり》に縞模様《しまもよう》の小袖《こそで》、吉祥《きっしょう》柄の帯、結い上げた髪に刺してある簪《かんざし》は色からしてミスリルだろうか。ミミおばさんもリスの獣人で、もふもふしっぽの愛らしい見た目だ。ララ婆の旦那さんというのは見たことがないけれど、ミミおばさんは確実にララ婆似だと思う。

ちなみにおばさんは和服だけど、この国の人間は、貴族や王族は洋装と呼ばれる北のほうから伝わってきた服装が多く、平民は昔ながらの和服と呼ばれる着物が多い。最近ではシャツの上に着物を羽織ったり着物ドレスだったりといった交ざった服装をしている人も多いけれど、貴族に出入りのある大店ほどきっちりとした和服で統一されている。

これは、台所事情が厳しい貴族に対して、裕福な商人が目をつけられないようにする自衛、「私どもは下の身分です、洋装なんて不相応です」というのを体現するためらしい。

オイラや父ちゃんが洋装っぽいのは、母ちゃんが揃えてくれたものをそのまんま着続けているからであって、当然のことながら金持ちだからではない。

「あたしゃをオバサン呼ばわりするたぁ、いったいどこのどいつだい……って……！　ひょっとして、ノアちゃんかい⁉」

「うん、久しぶり、ミミおばさん！」

笑顔で返したオイラに、周りの番頭さんたちが再び凍り付く。

「おっきくなったねぇ。そうかいそうかい、ノアちゃんがうちを訪ねてくれるなんて。ノマドの坊やは元気かい？」

「もう坊やって歳じゃないよー」

「なに、あたしゃからしたらいつまで経っても鼻たれのままさぁ。せっかく来てくれたんだ、奥でお茶でもどうだい？　……ほら、アンタたち。いつまでも何やってんだい？　往来の邪魔だよ、とっとと仕事に戻った戻った！」

ミミおばさんの言葉に、番頭さんたちがゼンマイ仕掛けのように、ギギギィっと動き出す。

「おかみさんが……いつものままだ？」

「不機嫌になって、ない？」

「よかった、よかったですー。オラが奉公にあがったばっかりの頃、うっかり呼んじゃって。あのときはお店《たな》が潰《つぶ》れるかと思いましたー」

小僧さんが、ヒックヒックとしゃくりあげている。何か過去にあったんだろうか？

「それで、ノアちゃん。何か用があって来たのかい？」

奥座敷に通されて、うちのとはまるで違うふかふかの座布団を出される。

ミミおばさんは手にしていた巻紙を文机に載せて開き文鎮で押さえると、高そうな干菓子《ひがし》を茶箪《ちゃだん》笥《す》の引き出しから出してくれた。お茶もオイラがよく飲む番茶とは違う、色は薄いけれど、ほわっと香りの広がる上等なお茶だ。それを手ずから淹れて、ミミおばさんは片眉を上げた。

ひょっとして、お金の無心に来た、とでも思ったのかな？

「はい。ミミおばさん、これ」

「？」

オイラがひょいと手渡したそれを何気なく見て、ぶわっとミミおばさんのしっぽの毛が逆立った。

「こっ、こりゃあ、黒珊瑚！　しかも十五センチはある、傷もヒビもない上物じゃないかっ！　ノアちゃん、コレいったいどうしたんだいっ⁉」

ララ婆そっくりの手つきで、オイラの肩を持ってがっくんがっくんと揺する。

何もそんなとこまで似なくても。

「ひょっとして、オムラさんの遺品かいっ⁉　だったら受け取るわけにはいかないよ？　ちゃんとノマドの坊やの許可は取ったんだろうね？　子どものこづかい稼ぎで、こんな大層なもん持ち出しちゃあダメだよ」

最終的には心配までされて、オイラは苦笑いを浮かべる。

「違うよ、ミミおばさん、落ち着いて。それはちゃんとオイラが採ってきたものだから」

「とってきた⁉」

ミミおばさんが、眉間にしわを寄せて物凄い顔になる。

「黒珊瑚は、『海のダンジョン』にだってないはずだよ⁉　まさかどっかから盗んできたわけじゃあ……？」

「やだなぁ。ダンジョンにはないみたいだけど、シーサーペントのお墓にはあるんだよ」

「はぁっ⁉」

ミミおばさんが、掌底《しょうてい》に自分の額をゴンゴンぶつける。

それ、首痛くない？

「もう一回、落ち着いて、最初から」

「オイラは落ち着いてるんだけどなぁ。えーっとね。ララ婆から聞いてない？　オイラ、最近、冒険者登録してね？　ミミおばさんの依頼があるのを見つけたんだよ」

「あー、確かに、おっかさんに言われて冒険者ギルドにも話を回したねぇ」

だよ」

「至急、って書いてあるから、何か困ってるのかなーと思って。心当たりのとこを探してみたわけだよ」

「ちょっと待ってくれるかい？　心当たり？　さらっと流したけど、そこが一番重要なトコだからね？」

「詳しいことは省くけど」

「省かない」

「んー。要点だけ言うと、『無限の荒野』にある転移の魔法陣のひとつを踏むと、シーサーペントのいる海底に転移するんだよ。『海のダンジョン』じゃなくて、本物の北の海。でね。黒珊瑚ってのは、シーサーペントの骨なんだよね」

「はぁっ!?」

今度こそ。ミミおばさんは、顎ががっくんと落ちそうなほどに口を開けた。

23　ミミおばさんの依頼②

「黒珊瑚は、鉱石なのか珊瑚なのかすらも解明されてない謎《なぞ》の宝石なんだ。シーサーペントの骨だなんて説、聞いたこともないよ？　そもそも、シーサーペントの骨も見たことあるけど、こんな色はしていなかったはずだし」

「へえ、シーサーペントの骨なんて見たことあるんだ」

「商売柄ね。竜の骨には及ばないけど、シーサーペントの骨も、削り出せば軽量のいい短剣になるから。長剣にするには、ちょっと物足りないけどね」

それは初耳だ。母ちゃんの本には載ってなかったけど、シーサーペントの骨は鍛冶の素材に使えたりするんだろうか？　母ちゃんの本は、あんまりにも手に入れづらいものは載ってないからなぁ。

「うーん、これはね。普通のシーサーペントの骨じゃなくて、平たく言うと化石？　すっごく昔の骨なんだよ」

顔じゅうをハテナマークにして、ミミおばさんが首を傾げている。

「えーとね、最初から説明すると。オイラ、ちっちゃい頃から『無限の荒野』に出入りしててね。それで、たまたま踏んだ転移の魔法陣が、海中につながってたんだよね。で、そこはシーサーペントがいる北の海域で、必死に泳いで逃げたんだけど、見下ろした海底にシーサーペントの形のまま骨がいっぱい散らばってたんだ。その骨がね、キラキラしてるように見えて。そのときはそのまま逃げたんだけど、帰りに、鍛冶の素材に使えないかなーと思って、一個拾ってきたわけだよ」

オイラの説明に、ミミおばさんは頭痛をこらえるように眉間を揉んだ。

「つっこみどころがありすぎて……。ちっちゃい頃から、『無限の荒野』？　転移の魔法陣？　シーサーペントの海域に転移だって？　その、拾ってきたってのが、これかい？」

ミミおばさんは、手のひらに載せた黒珊瑚をまじまじと見つめた。黒珊瑚という名前ではあるものの、黒地をベースに、赤や緑や青にキラキラと光っている。

「あー、そのとき拾ってきたのは、何か効果が出ないかなーと思って、ほとんどは粉にして剣に付与しちゃったんだけど」

「貴重な黒珊瑚を⁉　粉にだって⁉」

ミミおばさんが柳眉《りゅうび》を逆立てる。

「そのときは、黒珊瑚だなんて知らなかったし。結局、鍛冶の素材には使えなかったから、そのまま残りは鉱石の倉庫に転がしたままだったんだよね」

「貴重な黒珊瑚を⁉　欠片でも数百両する宝石を、鉱石の倉庫に⁉」

眉間に指をあてて、ミミおばさんがうめいている。やっぱり頭痛かな？　偏頭痛？

「そしたら、この前ララ婆が来て倉庫の中の素材とか見せたときに、これは黒珊瑚だ、って教えてくれて。どうやって手に入れたか説明したら、化石化する時にオパールみたいになる？　とかって言ってたよ」

「おっかさんが⁉　アンモナイトがオパール風に化石化したのをアンモライトっていうんだけど、それのシーサーペント版てことか！　こりゃ大発見だよ、ノアちゃん！　……あー」

ミミおばさんが、額に手を当てて、天井を仰いだ。

「それでか。道理で冒険者ギルドに依頼を出せ、とか言うわけだよ。なんで冒険者ギルドに黒珊瑚、とは思ったけど、要はノアちゃんに連絡を取れってことだったわけかい」

「ララ婆が？　あ、そっか。今、オイラ、一か月に一回は冒険者ギルドの依頼受けなきゃだから、ララ婆が気をつかってくれたのかな？　っていうか、黒珊瑚ってララ婆のために探してたの？」

ミミおばさんは、難しい顔をしてうんうん頷いた。

「おっかさんがね、どっからか竜の骨を調達してきて。いくら聞いても、どこから仕入れて来たのか言いやしないんだけど。それがどうも火竜の骨だったらしくてねぇ。剣を削り出したはいいんだけど、火の気が強すぎて、普通の木の鞘じゃ燃えちまうし、金属の鞘じゃ熱くなって持てないし。ってなわけで、魚の皮をなめした鞘に、黒珊瑚をちりばめて水の気をまとわせて、鞘に納めてる間だけ火の気を相殺《そうさい》することにしたんだよ」

「へえ！　鞘でそんなこと出来るんだ」

オイラは今まで、鉱石や鍛冶の素材ばっかり集めて、こしらえとか鞘とかには無頓着だった。でも、武器の性能に鞘も関係するなら、そっちの素材も気にしたほうがいいのかもしれない。

「そりゃそうだよ。武器にとって、鞘は服みたいなもんだからね。裸で出歩く人間がいないのと同じように、抜き身で持ち歩く剣だってない。人間が防具をつけて防御が上がるように、剣だって鞘やこしらえで能力が左右されることもあるさ」

「オイラ、剣に宝石つけるのって、ただ見た目が綺麗だからだと思ってた」

「まあ、そういうこしらえが多いのは否定しないよ。ただ、ものによっては特殊な素材を使ったり魔道具並みの回路を組み込んだり……」

「ララ婆ってば、嬉しそうに抱えてったからどうするのかと思ってたけど、ミミおばさんのとこに持ち込んでたんだねぇ」

何気なく言ったオイラの言葉に、ミミおばさんがギョッとした顔をした。それから、両手でガシッとオイラの頭を掴む。

ちょっ、指が、指がこめかみにめり込んでるっ。

「み、ミミおばさん？」

「どういうことだい？　あの竜の骨は、ノアちゃんとこから持って来たって？」

「そっ、そうだよ？」

「あんなに見事な竜の骨、どうやって手に入れたって言うんだい？」

「どうって、普通に火竜から、ぶちっと？」

言ったとたん、頭を掴んでいたミミおばさんの手から力が抜けた。そのままオイラの肩に手を置き、がっくりとうなだれる。

「昔から常識がない、常識がない、とは思ってたけど、まさかこれほどとは……」

「え？」

心配して覗き込んだオイラの顔面に、突然ガバッと顔を上げたミミおばさんの頭頂部がガツッと当たる。

「いててて」

「他はっ？　おっかさんが持ってきたのの他に、まだ竜の骨はあるのかいっ？」

鼻面をさするオイラを気にも留めずに、ミミおばさんが凄い形相で詰め寄ってくる。

「あるよ？」

「売って、売っとくれ！　ちょぴっとでもいいんだ。貴重な骨だ、手放したくないのは分かる。でも魔道具屋にとって、竜の骨は、たとえ粉でも是が非でも手に入れたい……」

「いいよ?」

「断られるのは分かってるんだ、そこをなんとか……。……え?」

口を開けたまま呆然と固まるミミおばさんを前に、オイラは台所を思い出す。

「昨日ダシを取ったのが、確かそのまま土間に出しっぱなしになってるから。ちょっと行って取ってこようか?」

「……ダシ?」

「美味しいよ? 昨日はラーメンにしたんだけど、お雑煮《ぞうに》とかでも」

くらっとミミおばさんがよろめき、顔色が真っ白になる。

「大丈夫? 貧血?」

おっと、と支えたけれど、ミミおばさんは今度はぷるぷるし始める。

「あたしゃら魔道具屋の悲願を、至宝を、まさかのラーメンのダシ……」

るーーーっと涙まで流すミミおばさんに、なんだか既視感を覚える。ああ、ララ婆が言ってた、一部では至宝と呼ばれる、ってやつ。ミミおばさんが呼んでたのか。

「ダシとっても、骨って残るから」

白くなっていたミミおばさんが、ぷるぷると首を振る。

「た、たとえ出がらしでもっ。効能には変わりないはずっ。……大枚《たいまい》はたいてくれるお客さんに、ラーメンの残りかすです、なんてとても言えたもんじゃないが……」

「必要だったら持ってくるから。ところで、黒珊瑚は？」

オイラの言葉に、ミミおばさんは何回か大きく目を瞬《しばた》かせてから再び首をぷるぷると振った。

「ああ、ああ、そうだった。頭ん中で寸動鍋に入った竜の骨がグルグルしてすっかり忘れてたよ。そっちが本命だったね。これだけの黒珊瑚、しかも赤や緑だけでなく、壊れやすい青や紫の部分もある。十両銀で１００枚、千両箱ひとつでどうだい？」

「千両⁉」

目を真ん丸にするオイラに、ミミおばさんが、ふむ、と顎を指でつまむ。

「やっぱ少ないかい。こんだけ見事な黒珊瑚だ、おっかさんからも手間賃をふんだくるとして、千五百、くらい言ってあげたいとこなんだけど、すぐに用意出来る金額っていうとねぇ」

「いやいやいやいやいや」

オイラは慌てて両手を振る。

「確かに今回、ちょっと、いやかなーり大変だったけど。元はタダだから、それ！　海の中から拾ってきただけだからね？」

「大変て？」

「言ったでしょ？　最初に拾ってきた黒珊瑚は、ほとんど粉にしちゃったたって。だから改めて拾いに行ってきたんだよ。冬場じゃないからまだマシとはいえ、海の底のほうは、まー寒かった。寒いと手足が上手く動かないじゃん？　シーサーペントかわすのも一苦労でさ」

「待て待て待て待て」

「え？」

「シーサーペントのとこに？　あたしゃの依頼のために、わざわざ行ってきたのかい!?」

「うん、さっきね」

「さっき!?」

ミミおばさんの目が真ん丸になる。

「海の中で、シーサーペントをかわしたって？」

「泳ぐのは得意なんだよ、昔から」

「得意ってレベルじゃないだろ、それ」

「となりのテリテおばさんとシャリテ姉ちゃんがねー。熊の獣人なんだけど。『無限の荒野』にある川に、毎年鮭《さけ》が上ってくるんだよね。川を泳いでる鮭が取れないと、いっちょまえの熊の獣人とは言えないとか言って。3メートルはあるのを泳ぎながらベシベシ取るんだよね。鮭が宙に舞って、川岸にべっちんべっちん落っこちて。オイラも毎年付き合わされて、しごかれたから」

遠い目をするオイラに、ミミおばさんが突っ込む。

「いや普通、鮭は3メートルとかないから」

「そうなの？」

「あの可愛かったノアちゃんが、いったいどんな環境で育ったらこんなことになっちまうんだい。もはや突っ込むのも疲れたよ」

壁に寄っかかって、ミミおばさんはしばしたそがれていた。

24　ミミおばさんの依頼③

「ふんふん、それで？」

結局、黒珊瑚の報酬は、オイラの打った剣のこしらえをクヌギ屋で無期限・無料で請け負ってもらうことで話がまとまった。

下手に現金なんか持って帰ると、父ちゃんが酒に換えちゃうかもしれないし。父ちゃんに関しては色々誤解が解けたとはいえ、生活能力が皆無なのに変わりがない。

それから、どんな環境で育ったのか、と聞かれたので、素直にオイラの日常を話すと、ミミおばさんの目がキラキラしてきた。

「かーっ、いいねぇ。あたしゃも本当は、冒険者になりたかったんだよ。だけどあたしゃにゃおっかさんみたいな才能はなくてねぇ。結局、冒険者を支援する側に落ち着いちまったわけだ。でも未だに憧れるよねぇ、命を懸けた冒険ってやつにさ」

「いやミミおばさん、オイラ冒険者じゃなくて鍛冶見習い……」

「何言ってんだい、そこらの冒険者よりよっぽど冒険者らしい生活してるくせに。ところでさ、ノアちゃん。ノアちゃんを見込んで、お願いがあるんだよ」

そこで、ミミおばさんはチラッと文机の上の巻紙を見た。

「お願い？」

なんだか嫌な予感がする。

「コットンシードって知ってるかい？　西にある、デントコーン王国第二の都市さ」

「知ってるけど。ここからだと……歩いて半月くらい？」

「そう、馬車でも十日はかかる。そこに、明後日までに連れてってもらいたいんだよ。転移の魔法陣ってのがあるんだろう？」

「明後日!?」

「コットンシードにある太い取引先がね、どうもうちのせいで難癖《なんくせ》をつけられてるようでねぇ。あっちにもうちの支店はあるし、そこの大番頭《おおばんとう》に任せても良かったんだけど、どうやらあたしゃが出向いたほうが話が早そうでねぇ」

真面目な顔でウンウン頷くミミおばさんを、オイラは横目で見る。

「って、そんなの口実で、『冒険』てのをしてみたいだけなんじゃないの？」

「はは、分かるかい？　でも、コットンシードに用があるのも本当さ。行けるものなら行って、直接確認しなきゃならないこともあるんだよ。どうだい、あと二日で、あたしゃをコットンシードまで運べるかい？　礼は弾むよ」

「うーん、転移の魔法陣って、決まった場所と場所をつないでるだけで、行きたいとこにつなげられるわけじゃないんだよ」

「なんだ、そうなのかい」

ミミおばさんはあからさまにガッカリして、「あいつの鼻を明かせると思ったのにねぇ」とか呟いている。ララ婆そっくりのミミおばさんがしょげている様は、オイラとしても見るに忍びない。何とかしてあげたいところだけど……

「んー。あれをこうしてああして……なんとか、行けるかな？　でも、高いよ？」

念を押したオイラに、ミミおばさんは喜色満面で頷いた。

「もちろんいいともさ」

「じゃあ、オイラがミミおばさんをかついで走るわけだけど、前払いとして、ゴーグルふたつすぐに用意出来る？」

「かついで？　ノアちゃんが、あたしゃをかい？」

「他にどうやって運べっていうのさ。大丈夫、この前、男一人女の人一人かついで走ったけど、なんとかなったから。ミミおばさん、お姉さんよりずっとちっちゃいし。でね、そのかついだお姉さんに言われたんだけど、オイラがかついで走ると目を開けていられないんだって。だから、ゴーグル」

「なんでふたつ？」

「いやあ、この際、オイラのももらえるかなー、と思って」

「意外とちゃっかりしてるね」

苦笑いしつつ、ミミおばさんは小僧さんを呼んで、店からゴーグルをふたつ持ってこさせた。

「これは魔道具の一種でね、普通のゴーグルより耐久力に優れて、水陸両用、さらにくもりづらくなっている最新モデルなんだよ」

「すごい！　この透明なガラスのって高くて、ずっと欲しかったんだけど、中々買えなかったんだよねぇ」

「……たぶん、ノアちゃんが言ってるのより、こっちのほうがランクが上だと思うよ」

「そうなの？」

ミミおばさんが重々しく頷く。

魔道具はなんでも高い。うちには、母ちゃんが生きてる頃に集めたやつがちょいちょいあるけれど、一般市民は一生お目にかかれないレベルだ。

さらに言うなら、ガラス器も高い。透明なほど値が張って、ムラのない無色のガラスは、目の玉が飛び出るほど高い。魔道具のゴーグルなんて、いったいいくらするんだろう？

まあ、依頼料ってことで。

「じゃあ行こっか」

「今からかい!?」

ミミおばさんが急にわたわたし始める。

「ちょいとお待ちよ。身ひとつで行くってわけにゃあ。あたしゃはちょいちょい色んなとこに行くから、手形は常備してるけど、ノアちゃん、アンタは？」

「手形って？」

ミミおばさんが、ハァ？　という顔をする。

「アンタ、コットンシードに行ったことあるんだろ？　旅をして、関所を通るにゃ、通行手形が必要だろうに」

「？」

首を傾げるオイラに、ため息をつきつつミミおばさんが説明してくれる。

王都から各地にのびる主要な街道には、あっちこっちに、関所と呼ばれる、役人が通行人を改める門がある。犯罪者の行き来を取り締まったり、ご禁制の品がないか確かめる他、王都から貴族の子弟が逃げ出さないように見張る役目もあるそうだ。

貴族には、王家に逆らわないという意思表示として、当主の二親等以内の親族を王都の別邸に住まわせる習慣がある。妻や子ども、兄弟などだ。引退した親は領地を任されていることが多く、当主本人は領地と王都を行き来している。

まぁ、いわゆる人質ってやつだね。

これは王国法に明記されているわけではなく、貴族の自主的なものであるらしいけれど、貴族の子弟が王都から出るには、国王の許可証が必要となるそうだ。そんなわけで、未成年の通行には結構厳しいらしい。

「うーん、オイラ、関所って通ったことないからなぁ」

「通ったことがない？」

「基本、転移の魔法陣を通って、日帰りで行けるとこしか行ったことないから。コットンシードも、近くまでは行ったことあるけど、中に入ったことないし。手形がないと町に入れないなら、入り口までミミおばさんを送ったら、そのまま帰るよ、オイラ」

「町に入るには、手形は必要なかったと思うから、関所を通らないルートなら大丈夫かねぇ。……ん？　ノアちゃんアンタ、冒険者登録してるんだよね？」

「うん」

「あー、平民なら、冒険者ギルドのカードが手形の代わりになった気がするよ、確か。もし手形を尋ねられたら、ギルドカードをお出しな」

「うん、分かった」

それから、ミミおばさんはパタパタと路銀に脚絆と旅支度を整える。

「そうだ、オイラ、遅くなるって父ちゃんに言わないで来ちゃった」

そう呟けばミミおばさんが小僧さんを呼んで、父ちゃんのところに言伝《ことづて》を頼んでくれる。ついでに番頭さんを呼んで、コットンシードに行くからしばらく留守にする、と告げると、目を真ん丸にされていた。

「さてと。それじゃあ出発しようかね。……ところで、その茶色と黒のもふもふは、ノアちゃんの知り合いかい？」

「え？」

振り返った先には特に何もいない。

キョロキョロしていると、背負ったままだったリュックの中から、まだらの頭がひょいっ、と覗き、慌てて引っ込んだ。

「あちゃあ、タヌキ？　ついてきちゃったのか」

黒珊瑚を拾った帰り、びしょぬれになったので、一回うちに着替えに寄った。どうやらそのときに、リュックの中にタヌキが潜り込んでいたらしい。

「クヌギ屋さんで、預かってもらうわけには……？」

「魔道具造りは精密な作業だからねぇ。ホコリひとつ、猫の毛一本交じっただけで、思うような効果が出なくなっちまうんだよ。だから動物はご法度《はっと》なんだ」

「えっ、ええっ、ごめんっ！」

慌ててリュックの中に押し込んだタヌキが、ミギャッと抗議の声を上げる。

「なに、座敷内なら大丈夫さ」

「それじゃ、連れてくしかないかぁ。一回うちに寄ってくと遅くなっちゃうし」

「でも、『無限の荒野』経由で行くんだろ？　だったら通り道じゃないか。ついでに、譲ってくれるっていう竜の骨ももらえりゃ、一石二鳥ってなもんだ」

「え？　コットンシードに、竜のしっぽの骨持ってく気？」

「見せびらかしてやりたい奴がいるのさ」

「……あんまり重くないのにしてね」

その後うちに寄ったミミおばさんは、案の定一番立派な骨を抱えて満足そうだった……。誰が運ぶと思ってんの、それ。

ちなみに父ちゃんも、もう帰ってきたのかと目を丸くしていた。今から行ってくるんだよ。

「あひゃひゃひゃひゃひゃひゃ！　あひゃひゃひゃひゃひゃひゃひゃ」

「ミギャーーーーッ」

ミミおばさんが笑い、タヌキが叫ぶ。耳元で賑やかなことこの上ない。

「だから置いてこようと思ったのに、タヌキってば結局ついてきちゃうんだから。ミミおばさんも、冒険が楽しいのは分かるけど、あんまり笑ってると舌かむよー？」

オイラのリュックからは、ミミおばさんの頭と大きなしっぽが顔を出し、再びいつの間にかくっついてきたタヌキが、必死に爪を立ててリュックにしがみついていた。

「わらっ、笑ってるわけじゃないよっ！　ありゃヒュドラかいっ⁉　さっきのは……キュクロプス⁉　両方とも、Aランク冒険者が束になってかかる相手だよっ⁉」

「詳しいねー」

「ぼっ、冒険者に憧れてたって言ったろ！　あんなの、おっかさんたちでもなけりゃ倒せっこないよ！　なんだってあんなのが、『無限の荒野』にっ⁉」

「転移の魔法陣を守ってるからだねー」

「てっ、転移の魔法陣ってのには、門番がいるのかいっ⁉」

「いるよー。周りの魔獣より、明らかに格上のが。黒珊瑚のシーサーペントも転移の魔法陣の守りだからね。言わなかったっけ？」

ヒュドラの五つの首をひょいひょいよけながら言うオイラに、ミミおばさんが涙目で叫んだ。

「言ってなかったよぉおおおおおっっっ!!」

「ミギャーーーーーッッッ！」

25　ミミおばさんの依頼④

とりあえず、コットンシードに行くには、転移の魔法陣をふたつまたぐ必要がある。

『無限の荒野』のキュロプスが守る転移の魔法陣を踏むと、『鳥の大湿原』のヒュドラが守る転移の魔法陣に出る。

『鳥の大湿原』といえば、シャリテ姉ちゃんがキャンプを張って釣りをしているはずなので、何もなければ寄って行きたいところだけれど、今回はスルーだ。

『鳥の大湿原』の近くには、ハニーキャンドルという風光明媚《ふうこうめいび》な保養地がある。そのハニーキャンドルの売りというのが、温泉と湖とそこに落ちる滝なんだけど、その滝の裏に、もうひとつ転移の魔法陣がある。

なんで知ってるかと言うと、テリテおばさんが若い頃、鮭を獲るために滝登りの修業をしていた、と聞いたからで……。興味本位で真似して滝を登っていたら、うっかり足を滑らせて落っこちて、滝の裏の洞窟《どうくつ》を発見したわけだ。

洞窟の中からアダマンタイトのにおいがして、入ってみたら魔獣がわんさかいて、転移の魔法陣まであった。なんでか分からないけど、転移の魔法陣の近くにはアダマンタイト鉱床があることが多い。オイラが転移の魔法陣を何個か知っているのも、アダマンタイトのにおいに惹《ひ》かれて近付いていったからだ。

「の、ノアちゃん……」

「なに？　ミミおばさん？」

ヒュドラを引き離し、『鳥の大湿原』の、やたらでかい水鳥や矢みたいに突っ込んでくる小鳥をかわしながら走っていると、後ろから疲労困憊《ひろうこんぱい》といったふうのミミおばさんの声が聞こえた。タヌキは、ナルトみたいなグルグル目になりながらも必死に爪を立ててリュックにしがみついている。

ここのヒュドラも、『獣の森』のスキュラと同じく、一定以上魔法陣から離れると追って来なくなった。

「ま、ま、ま」

「ま？」

「まだ、コットンシードには、着かないのかい？」

「何言ってるの、まだクヌギ屋さんを出て二時間くらいだよ？　さすがに着かないって」

「まだ、二時間……。あたしゃ半日くらい経った気がするよ……。ど、どっかで一休み」

確かに、ミミおばさんの頭がぐらんぐらん揺れてる。

「えー？　でも、今休んでたら、今日中にコットンシードに着かないよ？　ってかまだ『鳥の大湿原』の中だし」

「ま、『魔物の領域』を抜けたら」

「ここから近いっていうと、ハニーキャンドルって町があるんだけど……保養地だから、何を買うにしても高いんだよねー。お茶に団子だけで、一朱とかするんだよ」

「そこでいいっ！　お金ならあたしゃが出すからーーっ」

というわけで、ハニーキャンドルで一泊することになった。

普通の宿場の宿が、一泊二食つき相部屋で銅銭250枚なのに対して、ハニーキャンドルだと、500枚（一朱銀だと20枚）。つまり二人で一泊で一両銀1枚。野宿したくなるのはオイラだけじゃないはずだ。

それなのに、ミミおばさんがとったのは、一人一両銀2枚の二部屋続き、ベッドもふたつある個室だった。

「ミミおばさん、こんなにいい部屋……お金大丈夫？　オイラ、お金ないよ？」

「これでもあたしゃは王都でも指折りの商人だと自負してるんだけどねぇ。他人との相部屋なんぞ、いつ寝首を掻かれるか分かりゃしないじゃないか。……ところで、さっきは聞きそびれたけど、なんでまたハニーキャンドルなんだい？　保養地としては有名だけど、コットンシードとは正反対の位置じゃないか」

ミミおばさんが渋い顔をする。魔法陣を間違えたと思っているらしい。

そんなミミおばさんに、オイラはリュックから取り出した地図を広げて見せ、指さしながら現在地を確認する。

「確かに、王都がここで、コットンシードがここ。ハニーキャンドルは、王都の北東だから……遠回りにも見えるけど」

オイラの説明に、地図に目をやったミミおばさんが、目を丸くする。

「ちょっ、ちょいとお待ち。これ……地図かいっ？」

「地図だね」

ミミおばさんが、物凄い勢いで辺りを見回す。

個室とったんだから、誰もいないって。

「アンタ、これをどこで？　地図ってのはご禁制の品だよ⁉　他国に持ち出されようなもんなら、簡単に軍事利用されちまうじゃないか。よくある数珠《じゅず》つなぎの宿場図ならともかく、こんな詳細な地形まで描かれた地図なんて、あたしゃでも初めて見たよ。特別に許可を得た人間しか持ってないはずのもんだ」

「そうなの？　これ、母ちゃんの部屋に普通にあったよ」

ミミおばさんは一瞬キョトンとした後、ああ、と頷いた。

「確かにね。オムラさんなら、あり得るか」

「そうなの？」

「救国の聖騎士だしねぇ」

なんだか聞いたことのない二つ名が出てきた。

妙に照れくさい気がして、オイラはするっと流して話を戻した。

「えっと、それはさておいて。お店で言ったけど、転移の魔法陣ってのは行きたいとこに行けるわけじゃなくて、決まった場所と場所をつないでるんだよ。コットンシードに一番近い場所につながる魔法陣が、この近くにあるんだよね」

「えっ？」

ギョッとしたようにミミおばさんがオイラを見る。

「ってことは、なにかい？　もう一回、今日みたいな真似をする、と？」

「今日みたいな、って？」

「キュクロプスを踏んづけたり、ヒュドラの舌を引っ張ったりだよ！」

「あー、まあ、うん。馬車で十日かかるとこを、二日で行こうってんだもん。多少の無茶はしょうがない、よね？」

てへっ、と笑ったオイラに、ミミおばさんは無言でどこか遠くを見つめた。


「のっ、ののののノアちゃん!?」

「あ、ミミおばさん。ここからはゼッタイ暴れないでね？」

「あ、あああああたしゃの気が確かなら、こここここって、空!?　空の上じゃないのかいっ!?」

「そうだねー」

翌日、オイラたちはハニーキャンドルの滝の裏のケルピー（半馬半魚の魔獣）をかわし、転移の魔法陣を踏んだ。

魔法陣が淡い赤に輝き、次の瞬間――

オイラたちは、何もない空中に浮かんだ魔法陣の上に、ただ立っていた。

高さは、８０００メートルくらいだろうか？　山々が遥か下に見える。

誰が何を思って、こんなところに魔法陣を設置したのか。多分、竜とか、空を飛べる存在に違いない。

一歩でも魔法陣の外に足を踏み出せば、鳥でもない限り真っ逆さまだ。

「だから最初に、高いよって言ったじゃん」

「高いってそういう意味かいぃぃぃぃーーっ」

「あ、見える？　あっちの山の向こうに、かすんで見えるのが、コットンシードだよ」

「み、み、見えたとしてもっ！　どうやってあそこに行くっていうんだよぉ!?　戻ろう！　もう諦めた！　諦めたからっ！」

「いやー、それはちょっと無理」

「なんでさ!?」

「転移の魔法陣ってのは、一回外に出てから、もう一回踏まないと作動しないんだよね。ほら、ここから一歩外に出たら？」

「落ちるっ、落ちるじゃないかっ！　じゃあ何かいっ!?　このままここに立ってるって言うのかい!?」

「まさかー」

オイラは、そのままひょいっ、と魔法陣の外に踏み出した。

「ひょぇぇえええええっっっっ」

「んにぃぃぃぃぃぃぃぃ!!」

タヌキも涙目で歯を食いしばった。前足の爪だけがオイラのリュックに引っかかって、体はまるっと宙に浮いている。黒モフは既に慣れた道行きなので、怖がることもなく楽しそうだ。

「はい、最初の踏むよー」

「ええっ!?」

ガンッ、と。

数十メートル落ちたところで、最初の足場を蹴り、次の足場へと飛び移る。自在に動き回る足場をとらえるには、慣れと度胸だ。

「こっ、これってまさか」

「うん？　ここって、ワイバーンの巣なんだよねー」

「聞いてないよぉおおっっっ！」

「ミギャッ」

涙をちょちょ切れさせつつ、ミミおばさんのしっぽがぶわっと逆立っている。

ワイバーンの頭を踏んづけ、次のワイバーンに飛び移りながら、オイラは解説する。

「ワイバーンって、頭に衝撃を受けると結構簡単に気絶するんだけど、生存本能なのかな？　気を失っても飛び続けるんだよね。つまり？」

「あ、足場になるってことかい⁉」

「ハンググライダー代わりに使えるってことだね」

「ワイバーンを操縦するってことかいーーっ？」

「でも、意識のあるワイバーンが残ってると攻撃してきて危ないから、全部踏んづけてからねー」

「ぜっ、全部って、ここらに飛んでるの全部かいーーっ⁉」

「ひーふーみー、うん、まあ、いっぱい？」

しゃべっている間も、ワイバーンの頭を蹴ってはワイバーンに着地し、空中をぴょんぴょんと移動し続ける。

「よっ、四十はいるよっ⁉」

「ミミおばさん、数えるの早いねー。そういえば、リスって、高いとこから落ちても、しっぽをパラシュートにして着地出来るんじゃなかった？」

「地上８０００メートルから落ちるリスが、どこにいるってんだよぉおぉぉっっっ」

26　父ちゃんの留守番

「なあ、リムダ」

「はい？」

ノマドさん、いえ、お師匠さんは、黒くぷすぷすと煙を噴《ふ》き出す羽釜を見やり達観したような表情をしていた。

「いくらなんでも、飯ぃ炊く火付けに、火竜のブレスはやりすぎなんじゃあねぇのか？」

「はは」

冷や汗が、つぅっと背中を通り過ぎる。

いつもノアさんが作ってくれるご飯。最初はぼくが遠慮していたこともあって、余分に作りすぎたとか、そんな理由でしか出されなかったものが、いつの間にか当然のように三食用意されるようになった。

正直、竜はさほど食事を必要としない。それでも、当たり前のように用意される食事が、ぼくの居場所を認めてくれたようで嬉しかった。それが、住み込み見習いとして料理を覚えなきゃ、覚えなきゃ、とは思いつつも、習得が遅れた原因でもある。

ミミさんという方の依頼で何日か留守にするかも、と言いに来たとき、ノアさんはそれはそれは心配そうに、何度も何度も振り返りながら念を押していた。

無理はしなくていいからね、と。

それが、つまりはこういうことで。

「留守番なんて子どもじゃあるまいし、余裕だ余裕、とかノアにゃ言ったが……。そういやぁ俺ぁ、ノアが産まれて以来、留守なんぞ任されたこたぁなかったわ」

「そうですか」

「ノアが、普段、当たり前みたいな顔してやってるもんだから、俺らだって簡単に出来るもんだと思ってたが、案外、何にも出来ねぇもんなんだな」

しみじみと呟くお師匠さんに、ぼくも相槌を打つ。

「そうですね、ノアさんて家事全般何でも出来ますもんね」

「俺が何にもやらなかったおかげだな！」

「胸張るとこじゃないですって」

「最初の内は、オムラも家事全般なんにも出来なくてな。よく二人で、焦げ臭い飯を食ったもんだ。槍を持たせりゃ当代一の美技なんて言われたもんだが、生活能力は皆無でなぁ」

確かノアさんは、お師匠さんの生活能力が皆無だ、って言ってましたよ？　似たもの夫婦ってことですね。

「しょうがねぇ、大通りのほうならまだやってるところもあるだろ。ひとっ走り、いなり寿司でも買ってきてくれや」

そう言って、お師匠さんが巾着《きんちゃく》を放ってよこす。基本的にどんぶり勘定《かんじょう》のお師匠さんは、剣の売り上げが入れてある銭箱から、じゃらっとひと掴み一両銀を取り出して財布に入れていた。

この辺りは王都の外れもいいところなので、日が暮れてからやっている店はほとんどないけれど、少し繁華な通りまで出れば、店じまいした後の奉公人を目当てにした担ぎ屋台が結構出ている。

夜泣き蕎麦《そば》に煮しめの一杯呑み屋と色々あるけれど、中でもいなり寿司は一個銅銭5枚ほどと安い。「ノアがいるときに出来合いの食事を買うことはほとんどねぇが、独り身の頃はちょいちょい世話になっていたものだ」とお師匠さんが前に言っていた。

「ぼくが言うのも変ですが、お師匠さん、不用心すぎません？　ぽっと出の弟子にこんなにお金を持たせて、持ち逃げでもしたらどうするんです？」

「竜なら銀なんぞに興味ぁねぇだろ。俺に、竜に狙われるほどの甲斐性《かいしょう》はねぇよ」

お師匠さんは既に黒く焦げた羽釜を放って、土間の奥にある大瓶からどぶろくを汲《く》み出している。

ぼくはちょっと肩をすくめると、いなり寿司の屋台を探しに出かけた。


「うん、屋台のいなりは久しぶりに食うが、相変わらずうめぇな」

「そういえば、ノアさんはいなり寿司ってあんまり作りませんよね」

「一から作ろうと思うと面倒くせぇんだそうだ。何も豆をしぼるところからやらんでも、アゲを買やぁいいと思うんだが、テリテさんの影響か、妙にこだわりやがるからなぁ」

お師匠さんが、いなり寿司をつまみつつ、どぶろくの入ったぐい呑みを傾ける。ぼくが帰る前から飲んでいたらしく、もうだいぶ顔が赤くなっていた。

ちなみにぼくはお酒は飲めない。竜は酒好きが多いのだけれど、ぼくはたとえ人間用のお酒でも一口でへべれけになる自信がある。

「ところで、お師匠さん？」

「ん？」

お師匠さんがいい感じに酔っぱらってきたのを確認して、ぼくは前から聞きたかったことを尋ねてみる。ノアさんがいるところでは、聞けない話だ。

「なんで、ノアさんを相槌から外したんですか？　ノアさん、寂しそうにしてますよ？」

素面《しらふ》のときに聞いても、決して答えてくれないだろう。お師匠さんは、意外と頑固だ。

「そりゃあ、お前がいるからだな」

「なっ……」

確かに火竜の自分は、ノアさんより火に強く力もある。でもそれでは、あんまりじゃあなかろうか。

「お前は、俺にとって、実に都合のいい弟子なんだ」

「……どういうことです？」

「人間の弟子みたいに、行く先の心配をしてやる必要もない。五十年でも百年でも、俺の弟子のまま、俺のやることを見ていられればいいと言う。相槌のまま、放してやる必要もない。だが、ノアは違う。あいつを、俺の相槌のまま縛り付けておくわけにはいくまいよ。俺の想像もつかないことをひょいひょい思いつきやがる。俺が通った道をそのまんまついてくるこたぁない。あいつにゃあいつなりの鍛冶の道があるんだ」

お師匠さんは、どぶろくの小瓶を抱えるようにして、こたつの上にぐでっと伏せた。

「俺ぁ、なんつーか、教え導くってのが苦手でなぁ。てめぇより下手くそな鍛冶を見ると、ついつい怒鳴りつけて、貸してみろぃ、俺がやったほうが早ぇや、ってなことになっちまう。弟子の成長を見守るより、てめぇのやりてぇことのほうを優先しちまうんだ。俺ぁまだまだやれないこともやってみてぇこともある。てめぇの成長だけで手一杯なんだ。俺とノアのやり取りを見てりゃあ分かるだろ？　そんな俺んとこに、まともな弟子が居ついてくれるわきゃあねぇや。なんなら、ノアが未だに鍛冶を続けてるのが奇跡ってなもんだ。だが、鍛冶を続けてりゃあ、いつかあいつも『特殊合金』、『特殊付与』に辿り着く。あいつにゃ言えねぇが、俺ぁ、ちっとズルしちまってるからよぉ」

「ズル？　ですか？」

「『神の鍛冶士』の効果だよ」

『神の鍛冶士』というのは、確かお師匠さんの称号の一つだったはず。そういえばその効果を聞いたことはなかった。

「効果って、なんなんですか？」

「金属が、分かる、だ」

「はい？」

なんですかその、漠然《ばくぜん》とした効果？

「なんとなく、金属の気持ちが分かる。なんとなく、金属の構造が分かる。なんとなく、金属をより良くする方法が分かる。まあ、勘の延長みたいなもんだ」

「それが、ふたつに割れなかったヒヒイロカネの『特殊合金』を成功させられた理由、ですか？」

「ああ、違う違う。そりゃあまた別だ。そっちのヒントは、これだよ、これ」

そう言ってお師匠さんは、どぶろくの入ったぐい呑みを揺らして見せた。

「お酒？　ですか？」

「お前さんなぁ、落語って知ってるかい？」

唐突に、お師匠さんが思いがけないことを言い出した。もちろん、ぼくだって落語というものは知っている。人間の娯楽のひとつだ。

「その中のひとつにな、酒飲みの親子の話があるんだ。俺もうろ覚えだが……酒飲みの親父が、酔っぱらって帰ってきた息子に『こんな顔が三つもある化け物に、家なんぞ継がせられるか』と言い、酔っぱらった息子は、天井を見上げて『こんなグルグル回る家なんかいるもんかい』と答える」

「それがどう関係するんです？」

さっぱり見えない話に、ぼくは首を傾げる。

「だからな。酒を飲みすぎると、ものがダブッて見えるんだ。一つのものが二つ三つに見える。二つのものが、一つに見える。本当は動いてないものが、動いて見える。この感覚が、『特殊合金』と『特殊付与』に通じるんだよ」

「はいぃ？」

「金属ってなぁ、本当は細けぇ粒の連なりなんだ。なんでかって聞かれても困るぞ。なんとなく分かるだけだからな。その粒の連なりを、タブらせるイメージ、かすかにずらして重ねるイメージ、それが俺のヒヒイロカネの特殊合金のときのイメージだ。八年間、こいつを手に、スキル発動の感覚だけを追って生きてきた。こいつを打てるようになるのは、まだまだ先になりそうだが……火竜女王の武器には活かせてよかったよ」

「えっ？」

こいつを打つ……って、お師匠さんの手にあるのは、いつものぐい呑みだ。そういえば、そのぐい呑みは陶器《とうき》や木製ではなく、何かの石のようだった。まさか、何かの鉱石？

「ノアにはナイショだぞ？　八年前、オムラの遺品をさらってったドロボーどもも、流しの洗い物に紛れてたこいつにゃ見向きもしなかったが……こいつぁ紛れもなく、オムラ最大の遺産だよ。ゴーストライト。幻の石だ」

「ええっ⁉」

「俺も、オムラがどうやって手に入れたのかは知らねぇ。金属が分かるってはずの俺にも、こいつの気持ちはサッパリわからねぇ。おそらく、今の俺がやっても、まともなものには打ちあがらねぇだろうよ。こいつを打てるようになるのが、俺の一生の目標だ」

じんわりと微笑んだお師匠さんの表情が、胸に刺さるようだった。

「なぜ……なんで、ノアさんに言ってあげないんですか？」

「自分で辿り着くことに意味があるからさ。俺の『特殊合金』の感覚にしてもそうだ。俺の目は二つ。だから、タブらせるイメージには辿り着けた。だが、その先の感覚がつかめねぇ。三つが重なるイメージ……もしノアが、別の切り口から『特殊合金』、『特殊付与』に辿りつけるなら、それに越したこたぁねぇんだ」

ふにゃっ、と笑いながら、お師匠さんはこたつに突っ伏していびきをかき始めた。ぐおっ、ぐがっ、とか言うお師匠さんを、ぼくはひょいっと抱え上げ、寝室へと運ぶ。ただでさえ、お師匠さんが生きられるのはあと五十年ほど。風邪なんかひかれたらたまらない。

お師匠さんに布団をかけながら、今度はぼくのほうが、少し拗ねた顔をしているのに気付いた。

「ぼくには、言っちゃうんですね。ノアさんには、あえて言わないこと……」

ぼくがお師匠さんの感覚に囚われて、『二重合金』まで終わっちゃったらどうするんです？　心の中でそう呟くと、お師匠さんのむにゃむにゃという声が聞こえた気がした。

「俺だって、『二重合金』で終わるつもりはねぇよ。お前は俺に、少なくとも五十年は付き合ってくれるんだろ？」と。

27　コットンシードのカシワ屋

コットンシードに着いた晩、オイラはミミおばさんに是非にと言われて、クヌギ屋の支店に泊まらせてもらった。

コットンシードは、いかにも商人の街といった感じで活気があって、荷車や水夫《かこ》が忙《せわ》しなく行き交っている。クヌギ屋の支店はやはりその中でも大店が並ぶ通りにあった。

本瓦の屋根、塗籠《ぬりこ》められた厚い壁の、表屋造りと呼ばれる重厚な町家だ。表屋造りというのは、表通りに面する店の棟と奥の住まいの棟との間に中庭があり、夏場は襖や障子の代わりに葭戸《よしど》（すだれを張った戸）がはまっているのが特徴だ。土蔵が黒くなくて白いのを見ると、ミミおばさんのクヌギ屋本店がある通りと雰囲気は似てはいるものの、別の街だという実感がする。

大番頭さんは、ネズミの獣人だった。人口比率でいくと一番多いネズミの獣人だけれど、特に商人に多い気がする。とても物腰の柔らかい人で、何かとオイラに駄菓子《だがし》をくれた。


クヌギ屋の支店に泊まった翌日、オイラはなぜか、クヌギ屋の大口の取引相手であるカシワ屋さんというお店に一緒に連れていかれた。カシワ屋さんは、ミミおばさんのクヌギ屋と比べると少し店構えの小さなお店だった。

そろそろ父ちゃんが心配だから帰りたいんだけどなぁ、とか思いながらミミおばさんに首根っこを掴まれて引きずられて行く。

カシワ屋さんの店先を掃《は》いていた丁稚《でっち》さん（王都で言う小僧さん）に取り次ぎをお願いすると、奥からドタバタと慌てたような足音が聞こえてきた。

転がるように出てきたのは、男女の双子だった。歳は二十歳前後くらい？　良く似た雰囲気で、薄茶色の髪に白や黒の房が交じっている。アナグマの獣人だろうか。作務衣《さむえ》の中にTシャツ、頭には手ぬぐいを巻いて、手には軍手、顔にはこすったように泥が付いている。

「れ、連絡もよこさんと、突然どないしたんやお母ちゃん!?」

「なんだい、あたしゃが突然来るのなんて今に始まったことでもないだろ？」

「でも、今日はちょっとあかんてゆうか……」

「あたしゃに知られちゃマズいことでもあるってのかい？　えぇ？」

アナグマの二人とミミおばさんとの会話に、一瞬思考が停止した。

「え？　お……母ちゃん、って？」

ミミおばさんを振り向くと、オイラの後ろに立っていたミミおばさんが、渋々と頷いた。

「ノアちゃんは知らなかったんだったね、男のほうがカカで女のほうがココ。あたしゃの一生の不覚さ。四十を過ぎての一回こっきりのお産に、よりによって、アナグマなんぞを産んじまうとはねぇ。リスなら、良いクヌギ屋の跡取りになっただろうに」

「ミミおばさんっ、子どももいたの⁉」

ミミおばさんのあんまりな言い草にも慣れているのか、カカとココは気にするでもなく肩をすくめた。

「そんなこと言うたって今更どうなるもんでもないやろ。アナグマにゃ、魔道具系の適性はないんやから」

「穴ぁ掘るほうがおもろいし、魔道具に興味なんてあらへんもん」

なあ？　と言って顔を見合わせる双子。

「今からリスに変わるわけにもいかへんし」

「ウチらはアナグマ気に入っとるし」

そっくりな双子が、そっくりな格好でオイラの顔を覗き込む。

「で、この子ぉは？　あいさつもせんで悪かったわ、わいはカカ」

「ウチはココ。お母ちゃんに振り回されて、えらい苦労したやろ？」

「あ、初めまして。オイラは鍛冶見習いのノア。ミミおばさんを、王都から送ってきたとこ」

「王都から？」

「そりゃあ難儀やったなぁ」

「鍛冶見習いやったら、後でウチらのシャベル作ってくれへん？」

「使い勝手のええシャベル見つけるのは骨なんや」

「オーダーメイドのシャベルやなんて心躍るわ」

畳みかけるようにしゃべりながら、ココがオイラの頭を撫で、カカが大きな飴玉《あめだま》をくれる。クヌギ屋さんの大番頭さんといい、オイラのことをいったい何歳だと思ってるんだろう？　いやもらうけど。ザラメのついた桃色の飴玉を口に入れると、頬っぺたが片方ぷくっと膨らむ。

「そんなことより、あたしゃが来ちゃマズかった理由を白状しな。リリ姉さん、どうせここにいるんだろ？」

もらった飴玉をあがあがと舐めていると、ミミおばさんが聞き覚えのない話題を出した。それを聞いたカカとココが、明らかに目を泳がせる。

あれ？　コットンシードに来たのって、取引相手が厄介ごとに巻き込まれてるからじゃなかった？　ミミおばさんのお姉さんと関係あるのかな？

「な、なんのことか分からんなぁ」

「そ、そうやわぁ。リリはんなんて、もう何年も会《お》うてないし？」

「あんたたち、嘘《うそ》をつくときにゃ髪の毛を触るクセ直ってないね。本当あの昼行灯《ひるあんどん》そっくりだよ」

ミミおばさんが眉間にしわを寄せて腰に手を当てたとき、カツンッカツンッと音がした。

「昼行灯ってのは、わいのことかいな？　またミミはん、厄介なときに限って来よるわ」

カシワ屋さんの奥から、分厚いメガネをかけた小柄な男の人が杖をついて歩いてくる。

やはりアナグマの獣人で、ミミおばさんより少し年下だろうか。右足の膝から下が木の棒のような義足になっている。着物の下にカッターシャツの、いわゆる書生風の服装だ。

「ああその通りだよ、少し見ない内にまた老けたねぇ」

ミミおばさんが、男の人に向かって憎々し気に鼻の頭にしわを寄せる。元々の見た目が愛らしいリスの獣人だけに、そういう顔をすると余計に悪い顔に見える。

「どうだい、この見事な竜の骨。アンタなんぞに頼らなくったって、うちは立派にやっていけるんだ。ふん、ざまぁみろ」

ミミおばさんが、うちから持ってきた竜の骨を取り出し、男の人にかかげてみせる。見せびらかしてやりたい奴がいるって言ってたの、この人のことだったの。

もしかしなくても、カカとココのお父さんだよねぇ。仲悪いのかな？

「竜の骨やて？　ちぃと貸してみぃや……こりゃあたまげた！　亜竜やない、ほんまもんの竜の骨やないか！　うちで扱った品やない。しかもこの魔力、ひょっとして高位竜と違うか!?　ミミはん、これをいったいどこで手に入れはった!?」

そういえば、ダシを取った骨の内で一番立派なのは、リムダさんのしっぽだった。

「ふん、どこでだっていいだろ？　うちにはこれだけの骨を仕入れられるツテが出来たんだ。あんたんとこの亜竜の骨なんぞ、これからは一割、いや二割は買い叩いてやるつもりで来たんだ」

ぶーっ、と下唇を突き出して、ミミおばさんが男の人を威嚇する。

「ところで、あの人って誰？」

楽し気に喧嘩を売っているミミおばさんはさておき、側にいた双子に一応尋ねると、カカが解説してくれた。

「ああ、わいのお父ちゃんでな、カシワ屋ヨヘイゆーんや。お母ちゃんの元旦那やな。わいらから見ると、そんなに仲ぁ悪くないと思うんやけど、ことあるごとにお母ちゃんがつっかかるもんやから。結局、元サヤにゃ収まらずに、別で暮らしとるっちゅーわけや」

「商売の取引相手だ、って聞いたんだけどなぁ」

痴話《ちわ》喧嘩に付き合わされるために引っ張って来られたんだろうか？

「ああ、取引相手っちゅうたら取引相手やな。お母ちゃんとこは魔道具屋。わいらんとこは、魔道具屋に素材を納める竜骨屋《りゅうこつや》やから」

「竜骨屋？」

何それ？　今までそんなお店聞いたことがない。

「あー、シロウトはんは知らんか。魔道具ゆーのはな、魔力伝導率の良い素材でミスリル板に特殊な魔法回路を描いて作るんや。そいつが人間の体内に無意識にある魔力を吸い上げて、動かしとるわけやな。で、その魔力伝導率の良い素材ゆうのが、竜の骨なんや」

「へぇ！」

魔道具はうちにもいくつかあるけれど、そんな仕組みになっているとは知らなかった。

「とは言っても、竜なんて滅多に討伐されるもんやないし、亜竜にしても倒せる冒険者は雀《すずめ》の涙や。そこで、わいら竜骨屋の出番てわけやな」

「？」

「ウチらは、何代にもわたたって、竜の墓場を縄張りにしとんねん」

「竜の墓場!?」

ってことは、竜のお墓にある骨を魔道具に使っている、ってことだろうか？　罰当たりな、っていうか竜が怒らないんだろうか？

「あ、とは言っても、風竜や火竜とは違うで？　ずーっと昔の、地層の下に埋まっとる亜竜の骨や。単に『竜の墓場』ぁ呼んどるだけのもんで、亜竜がほんまにそこに同胞を埋葬したわけやない思うとる。死に場所になっとったか、たまたま何かの原因で大量に死んだかしたんやろな。そこに穴を掘って、亜竜の骨を発掘しとるんや」

「なるほど。だから、シャベルなわけね」

納得していると、さらにココが付け足してくれた。

「とは言っても、亜竜の魔力伝導率は40パーセントそこそこなんや。それがほんまもんの竜種なら80パーセント、高位竜なら１００パーセント近いゆーんやから……。お母ちゃんが高位竜の骨ぇ手に入れてはしゃぐ気持ちもよぉ分かるんやけど、それにしてもあれは言いすぎやわ」

ココは渋面を作って首を振った。

それに関しては責任を感じるなぁ。竜の骨を提供したのはオイラだし。

「お母ちゃんがずっと作りたい作りたい言うてた魔道具も、高位竜の骨を使うたら出来るんやろ？　図面は引けたけど、亜竜の骨やと伝導効率が悪すぎて出来ん、ゆーてたアレ」

「そやなぁ。お父ちゃんには内緒や言われとるけど、アレ作るのはお母ちゃんの悲願やから……。けど、高位竜の骨なんてレアもん、定期的に仕入れるんは無理なんと違うか？　大勢の職人を抱えるクヌギ屋やし、お母ちゃんが後生大事にしとる骨一本じゃあもって十日。アレを作るだけならともかく、うちからも仕入れんと、クヌギ屋さんの魔道具造りは回らんと思うのやけど」

うちにはまだまだ竜の骨が山積みになっているから補充は出来ると思うけど……言わないほうが良い気がする。

そんな話をしているオイラたちを尻目に、ミミおばさんたちの話はヒートアップしていた。

「二割やて⁉　そんな殺生《せっしょう》な！　今回のは、ここ数年でもトップクラスのええ骨なんや。うちかてクヌギ屋とばかり商売しとるわけやない。そっちがそのつもりなら、こっちにかて考えってもんがあるわ」

「クヌギ屋との取引をやめるって言うのかいっ⁉　アンタは昔っからそういう汚い野郎だよ！」

「いくらミミはんでも聞き捨てならんで……！」

痴話喧嘩なのか商売喧嘩なのか分からないけれど、ミミおばさんとヨヘイさんとが物別れになりそうになったとき――

ヨヘイさんの後ろから、小さな人影が現れた。六歳くらいだろうか？　オイラの胸くらいの身長で、腰くらいまであるふわふわ白い髪に紅玉のような瞳。

その小さな手が、ついっとヨヘイさんの袂《たもと》を掴む。

「喧嘩、やめて」

「リリはんっ？」

「リリ姉さんっ！」

幼女はまぶしそうに目を細めて、首を傾げた。

28　リリ①

「リリ姉さんっ！　やっぱりここにいたんだね！」

身長は１２０センチくらい、上等なガラス細工《ざいく》のように整った顔に、ゴスロリの着物ドレス。それに紛れて見過ごしそうになるけれど、背中には白い皮膜の羽根。

ミミおばさんが姉さんと呼ぶ女性は、命を持ったビスクドール、といった面持ちだった。

そういえば、リリって名前、前にどこかで聞いたような……？

「ミミ、久しぶり」

「久しぶり、じゃないよ。いきなりおっかさんのとこからいなくなったって聞いて、どんなに心配したか。どうせシシ姉のとこかカカたちのとこか、どっちかだとは思ったけどさぁ。ひと言でも、誰かに言付けてくれたって罰ぁ当たんないよ」

　腰に手をあてて、ミミおばさんがふーっと息をつく。

「えっと？　ミミおばさん？　こっちがミミおばさんのお姉さん？」

「ああ……」

　戸惑いながらのオイラの質問に、ミミおばさんは、忘れてた、というようにオイラを見る。それからリリとオイラの手を掴むと、どすどすとお店の中へと入って行った。

「こんな店先で話すことでもないからね。ちっと奥借りるよ」

「待ってぇな、ミミはん。わいとの話ぁ終わってへんで」

「ああ？　竜の骨かい？　いつも通りの買値でいいよ。さっきのはアンタへの嫌がらせさ」

「なんや、仰天《ぎょうてん》したわ」

　ふんふんと納得してカツカツとミミおばさんを追いかけてくるヨヘイさんに、オイラは思わず突っ込む。

「ええっ！　それでいいのっ!?　それで納得っ!?」

「ミミはんやったらいつものことや。わいへのイケズのためやったら、高位竜の骨くらい用意するやろ」

「あの骨、一発ネタのためだけにここまで担がされたわけ？」

「可愛ええとこあるやろ？」

にまぁ、と笑うヨヘイさんは、さすがミミおばさんと結婚していただけある。カカとココも慣れているのか、苦笑いしながらついてくる。

ミミおばさんはカシワ屋さんの奥座敷にオイラたちを引っ張り込むと、手慣れた様子でお茶を淹れてくれた。カシワ屋さんの奥も勝手知ったるって感じだし、もうこのままヨリ戻しちゃえば？とか思う。

「さてと。ノアちゃんには改めて紹介するね。言ったことはなかったと思うけれど、あたしゃは三つ子でね。上から、リリ、シシ、ミミの三姉妹だ。その一番上の姉の、リリだよ」

「ミミおばさんの、お姉さん？　初めまして、オイラはノア。リリさんって言いづらいんで、リリィでいい？」

オイラの言葉に、表情の薄かったリリィが目を見開いてビックリする。

「変。変な子ども。普通、リリがミミのお姉ちゃんだって聞いたら、ミミの兄の結婚相手か、とか聞かれるのに。リリがミミのお姉ちゃんだって聞いて、不思議に思わない？」

「いや特に」

確かに見た目年齢がだいぶ違うなー、とは思ったけど、ミミおばさんが三つ子だって説明してくれたし、まあそれでいいかなと。

そこに、ゴゴゴゴッと変な効果音を背負って、額にしわを寄せたミミおばさんの顔が近づいてくる。

「ちょっと、ノアちゃん。あたしゃがミミおばさんで、姉さんがリリィってどーいうことだいっ」

「え？　じゃあ、これからはミミィで」

「そっちを変えるのかいっ」

ツッコミつつも、ミミおばさん……もといミミィの頬が照れくさそうに染まる。

「ミミおばさんってのも言いづらいよね」

「ミミィ……ミミィね」

満更《まんざら》でもないようにに繰り返すミミィに、ヨヘイさんがさらっと加わる。

「ミミィ、わいにもお茶淹れてんか」

「アンタに呼ばれる筋合いはないよ」

「わいんとこの茶ぁやのにイケズやわぁ」

るーっと涙を流すヨヘイさんに、ミミィが口をへの字にしながらお茶を淹れる。そんな夫婦漫才《めおとまんざい》をニマニマしながら眺めていると、ミミィがコホンと咳《せき》ばらいをして話を戻す。

「最初から説明するとね。リリ姉さんは、竜の血を引いているんだよ」

「はい？」

いまいち理解しきれないオイラより先に、カカとココとヨヘイさんが顔色を変えた。

「ちょっ、お母ちゃん!?」

「イキナリ何言い出してん!?」

「ミミはんっ」

「大丈夫だよ。この子、ノアちゃんは、オムラさんの残した唯一の子さ。おっかさんとも懇意《こんい》だ。

今回は、ノアちゃんに力になってもらおうと思って、ここまで一緒に来てもらったんだよ」

ん？　ということは、厄介ごとがどーの、冒険がどーの、ってのは口実だったたってこと？

「オムラさんの……」

「力に、ってのは？」

「ノアちゃんは、火竜女王とも知り合いなんだよ。おまけに、父親の鍛冶場には高位火竜が弟子入りしてるときてる」

「ああ、さっきの高位竜の骨！」

なんだか内輪で納得しているヨヘイさんたちだったけれど、オイラにはサッパリ事情が呑み込めない。っていうか、リムダさんのこととかミミィに話してたっけ？

「えーっと、ミミィ？　話が見えないんだけど？」

首を傾げるオイラに、ミミィは奥の茶箪笥から茶筒に入ったかりんとうを出して菓子皿にあけ、勧めてくれた。ほんとにカシワ屋さんの奥を把握してるよね。

「ああ、悪かったね、ノアちゃんにはチンプンカンプンだよね。ノアちゃんも見て分かる通り、三つ子だってのにリリ姉さんとあたしゃの見た目はかけ離れてる。それがなんでか、って説明をしようとしてたんだよ。そもそも始まりは、六十年以上も前のこと。若気の至りっていうのかね、おっかさんが無茶なことを思いついたんだよ。竜と人との間に、子どもは出来るのか？　ってね」

「へ？」

ララ婆の姿が脳裏に浮かぶ。確かに思い切りが良く時々突拍子もないことをやってのけるララ婆だけど、まさか。

「さらに困ったことに、変わり者っていうか、物好きな風竜がおっかさんの知り合いにいてね。おっかさんの思い付きにのっちまったんだよ。そうして産まれたのが、あたしゃらってわけだ」

「ちょっ、ちょっと待って？　竜って、確か、じょ……」

そこまで言いかけて、オイラは慌てて口をつぐむ。

竜の卵は女王竜しか産めない。それは竜種の秘密だと、セバスチャンさんは言っていた。ここでミミィたち相手にバラしていい話じゃないだろう。

「竜って、女性の竜からしか産まれないんじゃないの？」

結果的に、オイラの質問は物凄く普通の内容になってしまった。ミミィは気にせず頷く。

「そう。だから、厳密には姉さんは竜じゃない。竜の獣人とでもいうのかねぇ。人型のまま産まれて、竜形態になることは出来ないんだ。ただ普通の人間とは決定的に違うことがひとつある。成長が、とっても遅いんだよ」

「ああ」

オイラはリリィを見て納得する。

「竜は百年で成体になるって聞いたんだけどねぇ。姉さんが産まれて六十年。どう見てもまだ六歳そこそこだ。あと四十年で成人するとは、とても思えない。ってことは、姉さんは竜よりも成長が遅いんだろうよ」

え、力になってもらおうと思って……って、まさかそのこと？

「そんなのオイラにどうこう出来るとは思えないよ？」

「ああ、違う違う。姉さんの成長が遅いのは病気でも何でもない、そういう体質なんだろうさ。ノアちゃんに頼みたいのは、そのことじゃないんだよ。ほら、姉さんの見た目。白い髪に赤い目、コウモリみたいな羽根だろ？　竜ってことを知らないと、何に見える？」

そういえば、よく似た魔物をかつて見たことがある。

「……ヴァンパイア？」

首を傾げつつ言ったオイラに、ミミィが大きく頷いた。

「そうなんだよ。姉さんのこれはアルビノ？　ってのかね、色素が薄いんだよ。元々風竜は白っぽい竜なんだけど、瞳は黄色か緑だから、風竜ゆずりってわけじゃない。白ウサギの目が赤いのと同じ理屈さ。それでも人の目には奇異に映るんだろうね、よく魔物だ何だと騒がれたもんだ」

そう一息に言ってから、ミミィは顔をしかめた。

「姉さんは元々、あたしゃやカカ、ココと一緒に、クヌギ屋で暮らしてたんだよ。でも十年前、王都に魔獣感知の魔道具が設置されちまった。つっても、姉さんにゃ申し訳ないけど、クヌギ屋もその事業に携《たずさ》わらざるを得なくてね。そのとき、姉さんはうちを出て行っちまった。ひどい、なんてなじられたことすらないけど……あたしゃはずっと後悔してたんだよ。あんな形で姉さんを追い出すことになっちまって。それに、ずっと悩んでもいるんだ。姉さんを王都に連れて帰っていいのか、どうか」

前半とは一転、噛みしめるように話すミミィの言葉を、リリィはつまらなそうに聞いている。白分が王都に帰れなくなったのは妹のせいだというのに、まるで全く興味のない人形芝居の話でも聞かされているかのようだ。

「だから、テイマースキルのあるノアちゃんに、確認して欲しいのさ。姉さんが、王都の魔道具にひっかかるような、魔物なのかどうか」

「ええっ⁉」

思いがけない重い依頼が来て、オイラの頬は引きつった。

29　リリ②

「テイマーなら、相手が魔物かどうか分かるだろ？」

「も、もしリリィが魔物だったら、どうするの……？」

おそるおそる聞いたオイラに、ミミィは軽く手を振った。

「そんなことあるわけないだろ？　姉さんは竜の獣人だって言ったじゃないか。人だよ。もし仮に魔物の一種だったとしても、ノアちゃんにテイマー契約してもらったら王都に帰れる。あたしゃとしてはどっちでもいいんだ」

「う、うん。じゃあ、やってみるね」

意外に軽く答えたミミィに頷き、オイラはリリィに向けてテイマースキルを発動しようとしてみる。けれど――

「あ、あれ？　テイマースキルが見つからない？」

今まで、火竜勢とのテイマー契約は火竜からの一方的なものばかりだったので、オイラがまともにテイマー契約をしたのは黒モフしかいない。そのときはごく自然にスキルが発動したんだけど……？

「考えられるのは、リリィが人間だからか、オイラより格上だからか、のどっちかだと思う」

「リリのレベルは２００くらい。ノアより低い」

すかさず、リリィのガラスの鈴のような声が答える。

「リリはん、レベル２００なんてあったんか？」

「ってか、それよりノアちゃんのレベルが上て」

「どんだけや」

さりげにヨヘイさんたちがビックリしているけど、それはさておいて。なんでリリィは、オイラのレベルが分かるわけ？　ルル婆みたいな魔法のメガネもかけてないのに。

ルル婆の姪《めい》なら『鑑定』が使えるのかな。ルル婆と違ってメガネ無しだけど。

「じゃあ、姉さんは獣人、王都の魔道具には引っかからないってわけだ」

ほっとしながらミミィが「これでまた一緒に暮らせる、安心したよ」と言うと、リリィが不思議そうに見つめた。

「ミミはリリが嫌い、違うの？」

「はぁ!?　姉さんを嫌いなはずないだろ?」

「だって、リリが町に入れない魔道具を作った。リリを見るとため息をつく」

人形のようなリリィのガラスのような瞳に見つめられて、ミミィの顔がみるみる赤く染まった。

「魔獣感知の魔道具は、国王様肝いりの事業だったんだ。そこに魔道具屋最大手のウチが噛まなかったら、変に疑いを持たれちまうだろ。姉さんが魔物だって認めるようなもんだ。姉さんを見てため息をついてたのは……その。姉さんはいつまで経っても綺麗なまんまなのに、一番妹のあたしゃが、一番老けてる。その昔はそっくりな三つ子だって言われてたのに……。自分の歳を、思い知らされちまうようでっ」

「そんな、ミミはん。ミミはんは年の割に綺麗やで?　リリはんはわいらとは別の生きモンや。気にすることたぁあらへんて」

恥ずかしさのあまり頭から湯気を出すミミィを、ヨヘイさんが懸命になぐさめている。

「あれ?　っていうか、三つ子なんだよね。ってことは……ミミィのお父さんも、風竜!?」

当たり前のはずなのに、意外すぎて今まで考えもしなかった。

「そうだよ。あたしゃは完全にリスの血しか引かなかったけどね。父親って言っても、どうせ本当に子どもが出来るかどうかっていう好奇心だけだったんだろ。それでも十の頃までは、ちょくちょく顔を出してたけど、ある時を境にぷっつりと来なくなっちまったからね。おっかさんも冒険者稼業だから、あたしゃらは三人で互いに互いを世話して育ったようなもんさ。今でこそ、姉さんはあたしゃらの中で一番若いけど、ちっちゃい頃は一番しっかりしてて、よく世話になったもんさ。

そんな姉さんを嫌うなんてないよ」

照れたように笑うミミィに、リリィの頬もかすかに染まった。無表情の中にも、どこか安堵《あんど》が見える気がする。本当は、リリィもずっと気にしていたのかもしれない。

「あれ？　六十年で六歳相当ってことは、ミミィがちっちゃい頃なんて、リリィは赤ちゃんだったんじゃないの？」

「姉さんが十年も赤ん坊やってたら、おっかさんが冒険者なんて出来るわけないだろ？　竜の血のせいかどうかは分からないけど、産まれて二年くらいで、ほとんど今と同じ見た目になっていたそうだよ」

オイラに子どもの竜の知り合いはいない。でも他の生き物を見ても、体の大きな牛だって象だって二年くらいで大人になる。寿命の長い竜も、二年で子どもくらいにはなるのかもしれない。

「えっ、じゃあ、リリィってもう六十年近くもこの姿のまんま？」

「そうなんだよ。そこがまた、ヴァンパイアと間違われる理由でもあるんだけどねぇ。もうこうなったらしょうがない、割り切ることにしたんだ。幸い、ノアちゃんて知り合いも出来たしね」

「どういうこと？」

眉をひそめるオイラに、ミミィがにまぁっと笑った。

「もうこの際、魔物に間違われたら間違われたでいいと思ったのさ。ノアちゃんがテイマー契約している魔物ってことにしちまえばいい。つまりノアちゃんに身元引受人になってもらえば、姉さんだって大手を振って王都で生活出来るってわけさ」

なんか、似た話を最近聞いた……それってつまり、エスティとかリムダさんと同じってことだよね？　本当にミミィはララ婆に似ている。サバサバとした気性《きしょう》の姐御肌《あねごはだ》、オイラに遠慮がないところまでそっくり。

「なんかいいように使われてる気がするなぁ」

「ミミはんは根っからの商人《あきんど》やからなぁ。使えるもんは親でも使え、ゆーやつや。せやけど、ほんまの商人ゆうのは相手にも損させせん人間のことや。その点、ミミはんになら安心して利用されてもええとわいは思うで」

「さっきのヨヘイさんとのやり取りを見る限り、とてもそうとは思えないなぁ」

「そりゃ、わいとは私情が絡むからやな。わいにだけは他のお人にはせんイケズ言うんが、ミミはんのかわええとこや」

どの辺が可愛いんだよ、とチラッとミミィを見ると、あさってのほうを向いてはいるけど、茶色い耳がしっかりこっちを向いている。微妙に頬も染まっているようで。なるほど、こういうところか。

「まあ、オイラが役に立つなら、それでいいけどね。リリィは本当は獣人だから、テイマー枠を開けとく必要もないわけだし」

頷いたオイラに、ミミィが向き直る。リス耳がひくひくっと動いた。

「なら、もうひとつ利用させとくれ。火竜女王とのツテが欲しいんだ」

「ぐいぐい来るなぁ。まさか、火竜のお墓を教えろ、とか言わないよね？」

さすがに、火竜の墓を暴《あば》いて骨を売ったりしたら、エスティが激怒しそうな気がする。っていうかオイラだったら間違いなく激怒する。

疑わしいなあ、という目を向けるオイラに、ミミィが苦笑いする。

「商売の話じゃないよ、姉さんのことさ。何十年も消息不明の父親なんてアテにならないからねぇ。おっかさんもあたしゃらも死んじまった後、姉さんの行く末が心配でねぇ。多少のお金は残していくつもりだけど、こんな見た目じゃあ、雇ってくれるとこもないだろうし」

片眉を上げてリリィを見やるミミィに、それまでかりんとうをかじりつつ話を聞いていたカカとココが割って入る。

「お母ちゃん、何も会ったこともない火竜なんて頼らなくても、リリはんならウチらが世話するし」

「そやで。それに、お母ちゃんかて百や二百までなら生きるやろ？」

二百になったミミィ……ちょっと見てみたい。

「あんたら、人を化け物みたいに。カカとココは、リリ姉さんに育ててもらったようなもんだからねぇ。気持ちはありがたいけど、あんたらだってあと百年も生きられるわけじゃあない。姉さんがあと何年で大人になるのか、それともこの姿でもう既に大人なのか、誰にも分からないんだ。人間の知り合いが誰もいなくなった後、それでも残っている知り合いがいる、ってのは、姉さんにとって心強いに違いないんだよ。もう長いこと、ずっと考えてたんだ。なんとか寿命の長い生き物にツテが出来ないか、ってね。それが竜種なら万々歳さ。そこにホイホイ、竜と知り合いだっていうノアちゃんがやって来た。頼らない手はないだろ?」

ミミィが順繰《じゅんぐ》りに目をやると、カカとココも渋々頷いた。

「どうだい、ノアちゃん? 面倒を頼むんだ、あたしゃに出来るお礼ならなんでもする。お金で済むってんなら何千両だって用意しよう。一肌脱いでくれるかい……?」

いつもに似ず、気弱にオイラを見つめるミミィに、オイラは軽く肩をすくめた。

「別にオイラは構わないけど、なんだか肝心な人を忘れてない? リリィはどう思ってるのさ?」

オイラの言葉に、その場にいた全員の視線がリリィに向く。リリィはつまらなそうに、畳《たたみ》のケバをむしっていた。

「リリ? リリは竜の知り合いとか別にいい。ミミに嫌われてなかった、それで充分」

「姉さん」

ミミィがはーーっとため息をつく。だから心配なんだよ、という呟きも聞こえる。

「でも、ノアの仕事場? 興味ある。火竜が人間と働いてる? 竜は人間のこと嫌いだと思ってた。火竜は違うの? 竜も人と働く? リリの仕事も、ある?」

愛らしい様子で小首を傾げるリリィに、皆が目を丸くする。

「姉さん、そんな、無理に働くなんてしなくてもいいんだよ。カカとココを育てるときにゃ、姉さんにゃずいぶんと世話になったんだ。姉さんの食い扶持《ぶち》くらい、あたしゃがなんとでもするから」

「お母ちゃんとこなんて戻ることないで? ウチんとこで一緒に暮らしとればええやん」

「そや、わいらとおればええよ」

口々に言うミミィたちに、リリィは静かに首を横に振った。

「クヌギ屋にいても、カシワ屋にいても、リリはお荷物。カカもココも大きくなった。リリのお世話は必要ない。ララ母さんの仕事やルル母さんの研究も少し手伝ってたけど、母さんたちには手下や弟子がいっぱいいいる。リリじゃなくてもいい。リリは、リリが必要とされるとこにいたい」

思いがけないリリィの言葉に、皆は目を見開いたまま沈黙する。

折れそうな、壊れそうなガラス細工《ざいく》の人形のような見た目に、誰もが皆、リリィを守り慈しむことしか考えていなかったのかもしれない。

その中で――

「リリィは、何が出来るの？」

オイラだけが、リリィに尋ねた。オイラは知っている。竜ってのは、守られるなんてのを良しとはしない生き物だと。

「え？」

「働きたいんでしょ？」

リリィは軽く頷くと、指を一本立てた。

「リリ、子守とくい」

「うちに子どもはいないなぁ」

「掃除もできる」

「オイラも出来るよ」

「料理もできる」

「出来ないよりはいいけど」

「空、飛べる」

「鍛冶屋に空を飛ぶ仕事はないなぁ」

リリィの立てた指が四本になり、リリィが半泣きになってくる。

突然の出来事にびっくりしているミミィとヨヘイさんを尻目に、カカとココが拳を握りしめてリリィを応援していた。

そこに、リリィの五本目の指が立った。

「風、操れる」

「それだ！」

オイラがビシィッッッとリリィを指さすと、リリィは一瞬固まってから、にぱぁああっと花が開くように笑った。

30　赤羽屋

「あのね、鍛冶ってのは、炉で火をおこして、そこで熱した金属を金槌で打って打って剣や槍なんかを作るんだけど、高い温度にするには、それだけいっぱい風を送らないといけないんだよ。リ

リィが風を操れるなら、うちはとっても助かると思うなぁ」

ヨヘイさんに文箱を借りて、紙の上に軽く描いた炉の絵を、リリィは食い入るように見ている。

「やれると思う。やってみたい」

「ホントはふいごって道具を使うんだけどね」

そんなリリィの姿を、ミミィたちは驚きの目で見つめる。

「何事にも興味のなさそうだった姉さんが……」

「竜が働いとる、っちゅうのがよっぽど衝撃だったんやろなぁ」

「自分の風竜の力を使うて働く、ゆうのもポイントやね」

「火竜と同じとこで働くんなら、とりあえず竜の知り合いはでけるやろ。それならそれでええんとちゃうか」

口々に言うカカとココに続き、ヨヘイさんがミミィにそう言うと、ミミィは感心したように頷いた。

「そうだね。ひょっとしたら、あたしゃらがいなくなったずっと後、火竜と風竜の獣人とのコンビで鍛冶屋なんてやってたりするかもしれない。想像もしなかった姉さんの未来だよ」

いつになく素直なミミィの反応に、ヨヘイさんがびっくりした顔になる。

そのとき――

ガンガンガンガンっ!!

と戸を蹴るような音がして、すぐ後にさっきの丁稚さんが奥座敷に駆け込んで来た。

「だ、旦那はんっ、また赤羽屋の若旦《わかだん》はんがっ」

その声にかぶさって、店表からダミ声が聞こえてきた。

「おい、鶏《にわとり》ヨヘイ！　おるのは分かってんのや、出て来いや！」

その声に、サッと顔色を変えたのはミミィだった。カカやココたちが気まずげに目配せをし合う中で、勢いよく店表へと走り出して行く。

「ミ、ミミはんっ⁉」

ヨヘイさんとオイラたちが慌てて後を追ったとき、ミミィは表通りで、柄の悪そうな男たち数人を連れたアライグマの獣人と睨み合っていた。

「見たことあらへん顔やけど、おのれは何もんや？」

「あたしゃはこのカシワ屋の女将だよ。鶏ヨヘイってなぁ、うちの宿六《やどろく》のことかい？」

すぅっと片目を細めて冷え冷えとした声で尋ねるミミィに、なぜかヨヘイさんの喉がヒュッと鳴った。

「あかん……怒髪天《どはつてん》を衝《つ》いとるわ……あの様子やと、うちのゴタゴタぁ全部知っとるわ、きっと」

顔色を悪くするヨヘイさんに気付いているのかいないのか、派手な着物を着たアライグマの獣人——赤羽屋の若旦那は小馬鹿にしたように眉を上げた。

「なんや鶏ぃ、もらうに事欠いてこんな婆ァ後添えにしやがったのか。婆さんも気の毒になぁ、嫁いで早々悪いが、カシワ屋は今日をもって仕舞いや」

その暴言に、ヨヘイさんの顔色が青を通り越して白くなってくる。ああ、あれだよね。ララ婆とかミミィに、『婆ぁ』は禁句。それなのに、続くミミィの声は怖いほど平坦《へいたん》だった。

「あたしゃのことはどうでもいいんだよ。『鶏』ってのはうちの宿六のことかい、って聞いてるんだ」

「ああ！　我ながらよぉ出来《でけ》たあだ名やろ？　カシワと鶏肉《かしわ》。ヒョコヒョコ歩いて、ペコペコ頭ぁ下げよる割に、三歩歩くとワイの言《ゆ》うたことすっかり忘れよるんや」

対するミミィの言葉は、地の底を這《は》うかのような響きだった。

「それは、宿六の足のことを言っているんだね……？」

多分ヨヘイさんに因縁をつけに来た相手だろうに、思わず「逃げて！」と言いたくなるような底冷えする気配。若旦那は少しだけ後ずさりつつも指を突きつけた。

「カッ、カシワ屋は今日で仕舞いや言うとるやろ！　おのれんとこがワイんとこに偽物の竜骨を売りつけよったせいで、赤羽屋は郡代《ぐんだい》（いわゆる代官）様が買《こ》うてくだすった魔道具が壊れて赤っ恥や！　よぉもワイバーンの骨なんぞ掴ませよった。郡代様も非はカシワ屋にある言《ゆ》うてくだすったわ！」

え？　どういうこと？　と、魔道具とか竜骨にはシロウトのオイラがキョドっていると、そっと側に来たリリィが説明してくれた。

「赤羽屋は、コットンシードの魔道具屋。魔道具には亜竜の骨を使うけど、ワイバーンの骨でも作れる。でもワイバーンの骨は劣化が激しい。使い捨ての魔道具に使うもの。それなのに赤羽屋は、店売りの魔道具の馬具にワイバーンの骨を使っていて、それを買った郡代様の若君が事故にあった。

その責任をカシワ屋にかぶせようとしてる」

「うわ何それ、めっちゃ迷惑」

「そもそもカシワ屋はワイバーンの骨を扱ってない。御番所《ごばんしょ》の郡代様がちゃんと調べれば分かるはずなのに」

白磁《はくじ》のような眉間にかすかにしわを寄せて、リリィも若旦那を睨んでいる。

その前で、ハッとミミィが鼻で笑った。

「なんだい、どこぞの坊ちゃんは亜竜の骨とワイバーンの骨の目利きも出来ないネンネなのかい。こんな大通りで自分の腕のなさを吹聴《ふいちょう》するなんざ、まぁ大した商売上手だよ」

「なっ、んだと、このクソ婆ァ!!」

顔を真っ赤にした若旦那がミミィの小さな胸ぐらを掴み上げ、右の拳を振り上げた。

「っ!?」

割って入ろうとする間もなく、ミミィはするっと若旦那の手を外して身をかわし、振り下ろされた拳の勢いを利用して、そのまま若旦那の腕をぐりっと背後にひねり上げていた。

……知ってる。あれ、メチャクチャ高度な技だ。オイラが最近セバスチャンさんに習い始めて、まだ全然出来ないやつだよ。何が「才能なくて冒険者は諦めた」だよミミィ。「強いけど魔道具のほうが面白くなった」が本当でしょ。

っていうか思い出した。最初に会ったとき、クヌギ屋さんでミミィが持ってた巻紙。あれララ婆の伝書鳩のやつだ。３００メートルの上空から落ちてくるあれを受け取れるって時点で、普通の商人じゃないよね、もう。

「はっ、はっ、放しぃや」

「はいはい、ありがとさん、これで正当防衛成立だ」

額に太い血管を浮かべ、顔色を赤黒くしている若旦那。それを見たミミィはニマァと笑うと、若旦那の背後であまりのことに固まっている取り巻きたちへ向けて顎をしゃくった。

「そんなわけで、ノアちゃん、やっちまいな」

「えっ、オイラ!?」

「当たり前だよ。あたしゃらはか弱い商人なんだ。ノアちゃんは冒険者だろ？」

「いや、鍛冶見……」

言いかけたところで、ミミィに目で「黙りな」と言われて黙って首肯《しゅこう》する。どこがか弱いわけ？とか色々と言いたいことはあったものの。逆らう勇気はない。

「こんなちっこいガキが冒険者やと!?」

「瞬殺やわ！」

口々に言い募る取り巻きたちが向かってこようとしたところで、パカッパカッパカッと蹄鉄《ていてつ》の響きが聞こえてきた。

「控えぃ！　東町御番所郡代、ニューカッスル様のご出馬である！」

突然現れた騎士さんの言葉に、取り巻きもヨヘイさんたちも呆気にとられて顔を見合わせると、いっせいにざざっと跪《ひざまず》いた。

オイラも周りを見回してとりあえず倣《なら》ったけれど、なぜかミミィとミミィに腕をひねり上げられた若旦那だけは立ったままだった。あれ、なんとなく周りに合わせたけど、従わなくてもいいの？ これ？

混乱している間にも、続々と騎士さんや兵士さんたちが現れ、最後にいかにも貴族然としたヤギの獣人が馬でやって来た。

お貴族様の他に騎乗している騎士が六人。徒歩の兵士が三十人。物々しく捕り物のように武装した騎士たちが、立ったままのミミィを中心にオイラたちを遠巻きに囲んだ。

っていうか刺股《さすまた》とか向けられてるし、これってまずくない？

「カシワ屋ヨヘイ。その方、赤羽屋に竜骨と偽ってワイバーンの骨を納めた詐欺行為、またいたずらに事故を起こさせようと画策した罪は明明白白。大人しく縛《ばく》につけ」

抗弁の余地もなく扇子を突きつけられ告げられた罪名に、ヨヘイさんの顔が引きつる。「そんなアホな……」と小さくこぼされた声に慌ててミミィを見ると、ミミィは嗤《わら》っていた。

それはもう、楽しくてたまらないといったふうに。

「くっくっく、いくら袖の下を握らされたんだろうねぇ、郡代様。赤羽屋の鼻薬《はなぐすり》はそんなにかぐわしかったかい？ カカとココがいる町の郡代に赤羽屋の息がかかってるたぁ懸念《けねん》事項だったが、これで大義名分が出来た。……ノアちゃん、やっちまいな」

「えっ⁉」

オイラ⁉ やっぱりそこでオイラなの⁉

ヤギの郡代さんとミミィをカクカクと見比べるオイラに、ミミィがにっこりと微笑む。

「やっちまいな」

「はいぃぃっ」

ミミィ怖い。貴族の郡代さんより間違いなく怖い。

「気でも狂うたか、クソ婆ァ！　ザマァ見さらせ鶏ぃぃ……はぁ⁉」

ミミィに腕をひねられつつも口汚く叫んでいた若旦那が間抜けな声を上げた。目の前では、兵士がバタバタと転がっていき、瞬《またた》く間に立っている兵士より転がっている兵士の数が多くなっていく。

「なっ、な、何が起こっとるんや⁉」

オイラがやっていることは、至極単純だ。

兵士や騎士さんの服の革紐《かわひも》や靴紐を抜き取り、後ろ手に親指と親指を縛って転がしているだけ。

騎士さんは馬の手綱も利用して両足首も縛っている。

いや、魔獣としか戦ったことがないから、人間相手に剣で戦うやり方とか分かんないんだよね。しっぽを落としたら勝ちってこともないだろうし。人間のしっぽは勝手に生えてこないし。エスティにだいぶ対人戦は鍛えられたけど、怪我させたらマズイ気がするし。

多分オイラの動きが見えてないだろう若旦那やヨヘイさんたちには、騎士さんたちが勝手にコロンコロン転がっていくように見えているのだろう。

「いったい何がどうなっておる⁉」

最後に残った郡代さんをどうしようかなー、と思案していると、ヤギの郡代さんたちが来たのとは反対方向から、ザッザッと近づいてくる一団があった。

目を向けてビックリ。

まるで鏡写しのように、郡代さんと騎士さんたちにそっくりの集団だった。違いは、郡代さんポジションがヤギでなく羊の獣人だということと、こちらのほうがどことなく統率がとれているっぽいところ。

「西町御番所郡代、クロケット様ご出馬！」

ということは、こっちも郡代さん？

「おお、これはニューカッスル殿。今月は我が西町の月番だと記憶しておったのですが、このような場所でどうされましたかな？」

わざとらしく言うクロケット郡代さんの背後に、クヌギ屋の大番頭さんの姿を見つけて、オイラは目をパチクリさせる。つまり……ひょっとして、こっちの郡代さんはミミィの味方？

「……クロケット」

憎々し気に言うニューカッスル郡代のことはガン無視して、クロケット郡代は未だ赤羽屋の若旦那を拘束したままのミミィににこやかに話しかける。

「おお、これはクヌギ屋女将ミミどの。悪党の捕縛にご協力くださったのですかな？」

その言葉に、なぜかニューカッスル郡代が顔色を悪くする。

「クヌギ屋ミミ、だと？」

「そうですよ、ニューカッスル殿。王都防衛に貢献し、『特別報奨《とくべつほうしょう》』を授けられたミミどのです」

特別報奨？　首を傾げたオイラに、リリィがボソッと説明してくれる。それは、静まりかえった大通りに意外なほど良く響いた。

「特別報奨。それは、一生に一度、『いつでも国王陛下に拝謁《はいえつ》出来る権利』」

それは……つまり。この件は、ジェルおじさんの関知するところだ、ってことで。ニューカッスル郡代の顔色がどんどん青ざめていく。

シーンとした表通りに、『ザザッ……』という何かをひっかくような、聞いたことのない音が木霊《こだま》した。

見れば、ミミィが黒い小箱のような魔道具を持っていて、そこから音がしているようだ。

『あー、テステス。これで本当に起動しているのか？　ゴホン。御目見得《おめみえ》以上の貴族ならば、私の声が分かるな？　デントコーン王国国王、ジェラルドである。今回の件はクヌギ屋より再調査を願う直訴《じきそ》があった。コットンシードは王家直轄領、我が管轄である。近いうちに王都より目付と取締出役《とりしまりしゅつやく》が赴《おもむ》く。慎《つつし》んで沙汰を待つように。……女将、これで良いか？　これで貸し借りは無しだぞ？　ヨーネのことをヌールに言いつけるのも……ザザッ』

……ジェルおじさん……。そこはかとなく漂う残念な感じ、間違いなくジェルおじさんだ。このいたたまれない空気どうしてくれんのさ。

脱力したオイラには見向きもせず、ミミィは片手でかかげていた録音？　の魔道具を再び懐へとしまった。

何とはなしに楽しそうなクロケット郡代に引っ立てられて、赤羽屋一行とニューカッスル郡代たちは去って行った。

ヨヘイさんは義足を引きずりながら、近所のお店に騒がせたお詫《わ》びと説明に回っている。

そんな中、オイラはミミィヘジト目を向けた。

「ミミィは最初から全部、分かってたんでしょ？」

「何のことだい？」

そらっとぼけるミミィの後ろで、カカとココ、リリィもこっちに耳を向けている。

「カシワ屋さんが冤罪《えんざい》をかけられそうなことも、郡代さんが今日ここに来るってのも。オイラが冒険者ギルドに顔を出す日も、オイラならミミィを二日以内にここに連れて来られるだろうってことも、オイラがある程度戦えるってことも。それで、全部根回しした上で、ここまで来たんだ」

「そもそも赤羽屋ってなぁ、王都に本店がある大商会でね。魔道具の分野で頭抜《ずぬ》けているうちを目の敵《かたき》にしてたんだ。だからこれは、あたしゃの喧嘩にカシワ屋を巻き込んじまったようなもんなんだ、出張《でば》るなぁ当然だろ？」

ミミィはオイラの質問には答えずにそう言ってからため息をついて、「そもそもアライグマにゃあ魔道具造りの才はないのに、魔道具屋なんぞ任されたあのボンも気の毒なことさ」と呟いた。そうは言っても、良く考えると、大店の主に職人の才は必要ないのかもしれない。それでもミミィは、カカとココに無理にクヌギ屋を継げとは言わなかったんだな、と思う。

「そもそもどうやって、こんな遠くのカシワ屋さんのピンチを知ったのさ？　赤羽屋の若旦那とヤギの郡代さんがつながってることまで」

「……使えるものは親でも使うのが商人だよ。おっかさんは大盗賊。索敵、つまり敵を知るのが本業だ。孫周辺の情報くらい集めるのは訳ないのさ」

「オイラには、飛脚屋だって言ってたよ？」

「飛脚屋って言やぁ飛脚屋だね。運ぶのが、人の手紙か人の弱味かって違いはあるけど」

それって飛脚屋って言う？　ともあれ、オイラはミミィに手を差し出した。

「じゃあ、一件落着したことだし、そろそろ王都に帰る？　オイラもいい加減、父ちゃんが心配だし」

帰りも当然一緒に帰るつもりでいたオイラに、けれどミミィはしっぽを抱えて小刻みにプルプル震え出した。

「またあの道行きをかいっ⁉　冗談じゃない、行きだけだってしっぽが千切れるかと思ったんだ、帰りもだなんて絶対千切れる！　このしっぽはあたしゃの自慢、あたしゃは自力で帰るから、置いてっとくれ！」

リスは、極端な恐怖を感じるとしっぽが千切れるらしい。しっぽをおとりにして逃げるためだけれど、トカゲと違って一度千切れたら再生しないので、一生に一度の大技だ。

「それに」

ミミィは、一件のお店に説明を終えて、次の店に向かうヨヘイさんへと視線を向けた。

「しばらくはこっちに残って、魔道具を作ろうと思ってるんだよ」

「魔道具？」

「あの宿六、ノアちゃんには何歳に見える？」

「ヨヘイさん？　ミミィよりちょっと年下くらい？」

見たままを答えたオイラに、ミミィはハァとため息をついた。

「あの宿六はね、あたしゃより二十は年下なんだよ」

「……二十歳下⁉」

「十年前、些細《ささい》なミスで魔獣感知の魔道具の実験中に暴発事故を起こしてね……あたしゃをかばったヨヘイは、片足を失っちまった。あんなに好きだった竜骨の発掘も出来なくなって、見る見るうちに老け込んでいったんだよ。それを見てるのが辛くてね」

命がけで奥さんをかばった挙句、離婚とか別居になってしまったヨヘイさんがあまりに浮かばれない。赤羽屋の若旦那がヨヘイさんを「鶏」と呼ぶたびにミミィがあれほど殺気立っていた理由が分かった。

「けど、今回の件で痛感したんだよ。あの宿六にゃ、やっぱり足が必要だ。難癖をつけられてもペコペコ頭を下げるだけなんてアイツじゃない。幸い、あんな立派な竜の骨もあることだしね。作ってみせるよ、あんな棒っ切れじゃない、本物の足に限りなく近い義足をね」

晴れ晴れと笑うミミィに、オイラもにっこりと微笑んだ。

「ミミィがずっと作りたいって言ってた魔道具って、義足だったんだ。やっぱりミミィも、ヨヘイさんが大事なんだね」

「は？　とんでもない」

鼻の頭にしわを寄せて嫌そうな顔をするミミィを、このときとばかりにからかってみる。

「でも、こんな遠くまで助けに来たわけでしょ？　キュクロプス踏んづけたり、８０００メートルから落ちたりしながら」

ニマッと笑ってみせたオイラに、ミミィが口をへの字にする。その背後で、カカとココが「キュクロプス？」「８０００メートル？」とか繰り返している。

「そりゃあ、息子と娘が困ってたら助けに来るさ」

素直じゃないミミィに、オイラはさらに笑顔で詰め寄る。

「でも、ミミィってばヨヘイさんのこと、ずっと昼行灯とか宿六って呼んでるよ。確かに悪口だけど、旦那さんを指す言葉だよね、それ」

見る間に真っ赤になったミミィを目に留めたらしいヨヘイさんが、何事かと足を引きずりながらも懸命に走り寄ってくる。その様子にあわあわとしながら、パタパタと手で顔を扇ぎつつミミィはあさってのほうを向いた。

「ま、まぁ今回は世話になったよノアちゃん。これから先、ノアちゃんが作る剣のこしらえにゃあ不自由させないからね。魔道具屋の名に懸けてとびっきりのこしらえを作ってやるよぉ」

照れ隠しにか早口でまくし立てたミミィに、オイラは目を瞬《しばたた》かせる。

「こしらえと魔道具って関係あるの？」

「そりゃあそこらの数打ちなら関係ないけどね。おっかさんに依頼された火竜の剣を筆頭に、【希少級】【伝説級】のこしらえともなれば最早魔道具の一種さ」

どこからともなく取り出した分厚い本をパラパラとめくりながら、ミミィはとある一ページにある花のような複雑な模様を指す。

「ほら、上層二ノ三から下層一ノ九につながる魔法回路の流れが見事だろ？　通常なら風の気を邪魔する中層三ノ五をこうも巧みに組み込むたぁ芸術的ともいえる……」

「ちょっ、ちょっと待って！　何⁉　何の話⁉」

サッパリ理解出来ずに目を白黒させるオイラに、ミミィはさも当然のことのように言い放つ。

「何言ってんだい、剣のこしらえの魔法回路図だよ」

「は⁉　これが⁉」

「おやノアちゃんは回路図を知らなかったのかい」

「鍛冶士って知ってるもんなの普通⁉」

ミミィはオイラの疑問には答えずに寄って来たヨヘイさんをしっしと追い払うと、ニンマリと黒い笑みを浮かべた。

「……知らないなら、あたしゃが一からじっくりきっちり、ぜぇんぶ教えてやろうねぇ」

肩をホールドしようと伸ばされたミミィの手を、オイラはすんでのところでかわし、横にいたリリィの手をガシッと握った。

「遠慮しとくよ！　それじゃミミィ、また王都で！」

リリィを引っ張りつつ慌てて走り出したオイラの後ろから、ミミィの声が追いすがる。

「ちょいとお待ち！　カカとココに伝え損ねた魔道具の神髄《しんずい》、礼代わりに伝授してやろうって厚意を無にするのかい⁉」

「そんなんしたら、オイラ鍛冶見習いじゃなくて魔道具士見習いになっちゃうよーーーっ」

オイラの『最強の鍛冶見習い』への道は、まだ遠そうだ。

CV 深澄 真：花江夏樹
巴：佐倉綾音　澪：鬼頭明里
監督：石平信司　アニメーション制作：C2C

異世界へと召喚された平凡な高校生、深澄真。彼は女神に「顔が不細工」と罵られ、問答無用で最果ての荒野に飛ばされてしまう。人の温もりを求めて彷徨う真だが、仲間になった美女達は、元竜と元蜘蛛!? とことん不運、されどチートな真の異世界珍道中が始まった！

定価：本体1200円＋税
ustration：マツモトミツアキ
15巻 好評発売中!

漫画：木野コトラ
●各定価：本体680＋税 ●B6判

勘違いの工房主
Kanchigai no ATELIER MEISTER
英雄パーティの元雑用係が、実は戦闘以外がSSSランクだったというよくある話
アトリエマイスター
1~6
時野洋輔
Tokino Yousuke
無自覚な町の救世主様は
勘違い連発!?
第11回 アルファポリス ファンタジー小説大賞 読者賞 受賞作!
1~6巻 好評発売中!
待望のコミカライズ!
英雄パーティを追い出された少年、クルトの戦闘面の適性は、全て最低ランクだった。
ところが生計を立てるために受けた工事や採掘の依頼では、八面六臂の大活躍! 実は彼は、戦闘以外全ての適性が最高ランクだったのだ。しかし当の本人は無自覚で、何気ない行動でいろんな人の問題を解決し、果ては町や国家を救うことに——!?
勘違いの工房主
時野洋輔
武器や魔法の適性は最低だけど、それ以外全部SSSランク!
無自覚な町の救世主様は勘違い連発!?
戦闘以外の適性すべてSSS!!
人助けしただけなのに…
規格外の少年が世界を振り回す!?
読者賞受賞の超人気作、待望のコミカライズ!
◉各定価：本体1200円＋税
◉Illustration：ゾウノセ
◉定価：本体680円＋税
◉漫画：古川奈春　B6 判

初期スキルが便利すぎて異世界生活が楽しすぎる！
Shoki Skill Ga Benri Sugite Isekai Seikatsu Ga Tanoshisugiru!
1〜5
霜月雹花
Hyouka Shimotsuki
超お人好し少年は
人助けをしながら異世界をとことん満喫する！
無限の可能性を秘めた神童の
異世界ファンタジー！
神様のイタズラによって命を落としてしまい、異世界に転生してきた銀髪の少年ラルク。憧れの異世界で冒険者となったものの、彼に依頼されるのは冒険ではなく、倉庫整理や王女様の家庭教師といった雑用ばかりだった。数々の面倒な仕事をこなしながらも、ラルクは持ち前の実直さで日々訓練を重ねていく。そんな彼はやがて、国の元英雄さえ認めるほどの一流の冒険者へと成長する――！
1〜5巻好評発売中！
◉各定価：本体1200円＋税　◉Illustration：パルプピロシ
待望の
コミカライズ！
好評発売中！
◉漫画：サマハラ
◉B6判 定価：本体680円＋税

ネットで話題沸騰！
アルファポリスWeb漫画
面白い漫画が毎日読める!!
ALPHAPOLIS
アルファポリスCOMICS
原作 あずみ圭 漫画 木野コトラ
ゲート GATE
自衛隊 彼の地にて、斯く戦えり
月が導く異世界道中
原作：秋川滝美
漫画：しわすだ
居酒屋ぼったくり
BOTTAKURI
原作 紅月シン 漫画 観月藍
最強Fランク冒険者の気ままな辺境生活？
原作 初昔 茶ノ介 漫画 五月紅葉
前世で辛い思いをしたので、神様が謝罪に来ました
原作 霜月雹花 漫画 華尾ス太郎
愛され王子の異世界ほのぼの生活
人気連載陣
THE NEW GATE
素材採取家の異世界旅行記
異世界ゆるり紀行
～子育てしながら冒険者します～
いずれ最強の錬金術師？
追い出された万能職に
新しい人生が始まりました
勘違いの工房主
大自然の魔法師アシュト、
廃れた領地でスローライフ
and more...
原作 椎名ほわほわ
漫画 六堂秀哉
とあるおっさんのVRMMO活動記
原作：金斬児狐
漫画：小早川ハルヨシ
Re:MONSTER
リ・モンスター
選りすぐりのWeb漫画が無料で読み放題！
今すぐアクセス！
アルファポリス 漫画
検索
アルファポリスアプリ
スマホでも漫画が読める！
App Store/Google play
でダウンロード！

この作品に対する皆様のご意見・ご感想をお待ちしております。

おハガキ・お手紙は以下の宛先にお送りください。

【宛先】

〒150-6008 東京都渋谷区恵比寿4-20-3 恵比寿ｶﾞｰﾃﾞﾝﾌﾟﾚｲｽﾀﾜｰ 8F
（株）アルファポリス　書籍感想係

メールフォームでのご意見・ご感想は右のＱＲコードから、
あるいは以下のワードで検索をかけてください。

アルファポリス　書籍の感想　検索

ご感想はこちらから

本書は、「アルファポリス」（https://www.alphapolis.co.jp/）に掲載されていたものを、
改題・加筆・改稿のうえ書籍化したものです。

レベル596の鍛冶《かじ》見《み》習《なら》い２

寺尾友希（てらおゆうき）

2021年 2月 28日初版発行

編　集－村上達哉・篠木歩
編集長－太田鉄平
発行者－梶本雄介
発行所－株式会社アルファポリス
〒150-6008 東京都渋谷区恵比寿4-20-3 恵比寿ｶﾞｰﾃﾞﾝﾌﾟﾚｲｽﾀﾜｰ8F
TEL 03-6277-1601（営業） 03-6277-1602（編集）
URL https://www.alphapolis.co.jp/
発売元－株式会社星雲社（共同出版社・流通責任出版社）
〒112-0005 東京都文京区水道1-3-30
TEL 03-3868-3275
装丁・本文イラスト－うおのめうろこ
装丁デザイン－AFTERGLOW
印刷－図書印刷株式会社

価格はカバーに表示されてあります。

落丁乱丁の場合はアルファポリスまでご連絡ください。

送料は小社負担でお取り替えします。


ISBN978-4-434-27886-0 C0093